MW01277616

LES VRAIS BONHEURS

CHRISTIAN SIGNOL

Les Vrais Bonheurs

ALBIN MICHEL

© Éditions Albin Michel, 2005.

ISBN : 978-2-253-11320-1 – 1re publication LGF

A tous ceux qui les ont perdus.

Courage ! Seule la terre est éternelle.

Jim HARRISON

J'ai toujours pensé que la beauté du monde était destinée à nous faire oublier la brièveté tragique de nos vies. Peut-être un cadeau de Dieu, s'il existe, comme je l'espère, dans sa grande commisération. Mais nous n'en sommes pas conscients, hélas ! Non seulement nous infligeons à cette terre qui nous porte les pires blessures, mais aussi et surtout nous nous conduisons vis-à-vis d'elle comme des étrangers – parfois même des ennemis – et nous ne savons plus voir à quel point elle est belle. Par exemple en nous livrant en brefs éclairs ces promesses d'éternité qui jaillissent d'un miroitement de feuilles de trembles dans le soleil, d'un tapis de coquelicots ondulant dans le velours des blés, d'une épaule de forêt appuyée contre le bleu du ciel, ou de la danse des flocons de neige papillonnant dans la nuit.

C'est pourquoi, moi qui crois sincèrement que la sensation du bonheur est intimement liée à la sensation d'éternité, je n'ai jamais coupé le lien qui s'est noué dans mon enfance avec le monde naturel. D'instinct. Comme s'il y allait de ma survie, pour le moins de mon bonheur de vivre.

J'ai donc passé beaucoup de mon temps à la recherche de ces sensations miraculeuses dans les forêts, sur les montagnes, près des rivières, sur des causses calcinés par les étés, ou dans des prairies parsemées de granges ouvertes où le vieux foin sommeille. Persuadé que la terre est éternelle, qu'elle a existé avant nous, qu'elle existera après nous. Et que, surtout, elle seule garde la mémoire d'un temps où nous n'existions pas, une mémoire qui ne nous est accessible que si nous nous penchons vers elle.

La civilisation industrielle, devenue au cours du siècle dernier la civilisation urbaine, nous a éloignés du monde naturel. C'est sans doute ce qui caractérise le mieux le XXe siècle : avoir rompu le lien avec un mode de vie, des valeurs qui assuraient depuis toujours la permanence de l'humanité, du moins dans les pays occidentaux. Et du même coup avoir rompu l'équilibre sur lequel elle vivait depuis toujours. Définitivement ? Pas sûr. Aujourd'hui, soixante-quinze pour cent des Français rêvent d'habiter une maison individuelle dans un village. C'est bien parce qu'ils sentent que les grandes métro-

poles de béton et d'indifférence ne les rendent pas vraiment heureux. Renouer le contact avec le monde sensible n'est donc pas une idée du passé, mais un espoir pour l'avenir. Une espérance que concrétiseront, j'espère, les nouveaux moyens de communication en permettant aux hommes, un jour, d'habiter où ils le souhaitent.

Car les hommes devinent, sans se l'avouer, que le bonheur se cache ailleurs que dans les grandes métropoles où ils retrouvent des réflexes animaux de survie. Ils savent secrètement que la terre, malgré les souillures de la société industrielle, continue de leur offrir des soirées lumineuses en juin, des mousses tendres dans les bois de l'automne, des rivières qui chantent, des hirondelles qui partent et d'autres qui reviennent, des saisons de lumière et d'autres riches de mélancolie. Ils se souviennent qu'elle fait souffler plusieurs sortes de vents, tomber plusieurs sortes de pluies, éclore des matins humides de rosée, des matins de gel ou de neige. Qu'elle allume dans le ciel des foyers dont les couleurs nous serrent le cœur, au crépuscule comme à l'aube des jours. Qu'elle s'endort en hiver, se réveille au printemps dans le parfum des lilas qui fuse dans l'air tiède de mai. Qu'elle nous laisse apercevoir chaque soir les étoiles qui s'allument fidèlement, comme pour solliciter notre attention, nous rappeler quelque chose.

Les scientifiques prétendent que nous venons d'elles, que le carbone de nos cellules est de même nature que le leur. J'en suis intimement persuadé. Il me suffit de lever les yeux, pendant les nuits de juin, pour comprendre que je leur appartiens de toute mémoire. Mais qui regarde aujourd'hui les étoiles dans le ciel de juin ? C'est pourtant elles que j'ai d'abord voulu écrire. A la fois pour ceux qui ne les voient plus, mais aussi pour tous ceux qui ne les ont jamais vraiment regardées.

Le monde vit. Auprès de nous. Sans nous ou avec nous. Regardez-le. Ecoutez-le. Il est source de bonheur, du vrai bonheur, celui qui éblouit et qui rassure, car il provient de la nuit des temps. Il représente notre vérité profonde, notre histoire, notre mémoire. Il est ce que nous sommes avant tout, puisque notre conscience est éclose avec l'univers.

Nous l'avons oublié mais il n'est pas trop tard pour venir vers lui, pour redécouvrir les oiseaux, les forêts, les montagnes, les rivières, l'odeur du bois qui brûle, la beauté des fruits, la chanson des fontaines, la brume des matins, les ciels chavirés d'orages, les grillons des soirs et le silence des nuits. Il n'est pas trop tard pour renouer avec ce monde-là, suivre les chemins bordés d'églantiers, le long des champs de blé dont les épis ondulent doucement, sous le bleu de porcelaine des étés de feu. Il n'est jamais trop tard, même si l'on vit en ville, pour lever la tête vers les étoiles, fermer les yeux, puis les rouvrir et sentir la terre dériver lentement, majestueusement, dans l'océan de l'immense univers.

Les longs soirs de juin

Leur parfum de foin coupé m'a toujours bouleversé, et j'ai fait en sorte de ne jamais m'en éloigner, car c'est pour moi le vrai parfum du bonheur. Les jours sont longs et chauds, le ciel vert, strié d'hirondelles, dort au cœur de l'été. Elles passent et repassent en rondes folles au-dessus des maisons, dessinant des arabesques dont je me suis souvent demandé si elles ne possédaient pas un sens caché. Le sens du monde, peut-être, ou de notre destin. Elles s'en iront en automne, sans rien nous avoir révélé ; rien, du moins, hélas, que nous n'ayons deviné.

Mais en juin elles étaient là pour souligner la lenteur des jours, des charrettes qui rentraient un foin criblé de sauterelles, des nuits qui s'attardaient au rivage des soirs. Des paysans à la peau couleur de brique dormaient les yeux ouverts au-dessus des foins blonds. Des chiens suivaient, tirant la langue, exténués. L'école s'était achevée en longs après-midi rêveurs et languissants. Il n'y avait plus, devant moi, que des jours immenses de liberté et de douceur au cœur d'un temps qui s'était arrêté de couler.

Chaque soir de juin, je pense à la phrase de Giono dans les collines des bastides blanches : « Il est six heures du soir, l'été. On chante du côté du lavoir. » C'est la magie de cet écrivain que d'avoir su, par une seule phrase, abolir le temps, de nous avoir donné l'intuition de la paix éternelle. Sans pouvoir l'exprimer, c'est exactement ce que je ressentais à cette époque-là, et ce que je ressens encore, parfois, si je me donne la peine de revenir vers ces lieux bénis des premières fois, à l'âge où le monde grave en nous l'inoubliable empreinte de sa beauté.

C'est aussi la magie de ces soirs de juin, qui, en prolongeant indéfiniment les jours, prolongent le temps en nous laissant l'impression que la nuit ne tombera jamais. J'en ai toujours éprouvé la divine caresse, mais je n'ai jamais su l'expliquer aussi bien qu'aujourd'hui. Je me contentais de le vivre, d'en être heureux infiniment. Depuis toujours. Il me suffit de me laisser glisser dans mes souvenirs pour retrouver aussitôt ce bonheur des soirs où la vie paraissait ne devoir jamais s'arrêter.

Nous mangions sur la terrasse des soupes de fèves et des melons trop mûrs, surveillés par des martinets fous de lumière. Affluaient des parfums de prunes chaudes, de jardins qu'on arrose, des bruits de vaisselle, de chaises qu'on installe pour se reposer enfin du long travail de la journée. Nous mangions lentement, sans parler, nous écoutant respirer, vivre dans la chaleur qui ne tombait pas, exaspérée qu'elle était par l'absence du moindre souffle de vent. Rien ne pressait. Les regards disaient mieux que les mots combien le monde était fraternel. Un accord venait d'être scellé. La nourriture était devenue la sienne, je me sentais fondre en lui jusque dans les gouttes de sueur qui perlaient à mon front. Le fromage blanc succédait au melon, que je sucrais et mangeais sur un pain à la croûte noire comme la nuit qui tardait. Le vin coupé d'un peu d'eau était celui de la vigne, les fruits ceux du jardin. A la fin du repas, nous restions longtemps immobiles, incapables du moindre geste, les yeux tournés vers les arbres, espérant voir une feuille bouger.

Ensuite, nous allions nous allonger sur une couverture au milieu des prés, que les mottes de terre bosselaient. Moiteur de l'air, de la peau d'un père et d'une mère, et déjà l'odeur puissante de l'herbe montait : odeur poivrée, humide dès que s'étendait l'ombre, comme baignée par la rosée des étoiles. Bonheur simple, que la dureté du sol n'altérait nulle-

ment, pas plus que les tiges dures des chaumes.
Les grillons s'étaient mis à chanter. L'air épais,
accumulé pendant le jour, fraîchissait lentement dans le petit vent de nuit. Les étoiles
semblaient si proches que je tendais la main
vers elles.

– Que fais-tu ? demandait ma mère.

– Je décroche les étoiles.

Elle n'est plus là pour en rire, hélas, mais
la présence d'un père et d'une mère sous les
étoiles de juin, dans l'odeur du foin coupé,
demeure l'un des trésors de ma vie.

Plus tard, adolescent, j'ai parcouru ces
nuits-là à bicyclette dans l'insouciance d'un
âge immortel, traversant les touffeurs des foins
dont les andains n'avaient pas encore été
rentrés. L'odeur demeurait la même, à la
fois suave et poivrée, violente et douce, pénétrante, par moments suffocante. Je n'avais
pas de lumière, sur ce chemin des rendez-
vous secrets. Je me guidais à la lueur de la
lune qui coulait en ruisseaux clairs le long
des arbres, j'étais ivre de liberté et d'un bonheur qui ne serait jamais menacé. Je savais
que se jouait là une partie essentielle de ma
vie, celle qui, quoi qu'il m'arrivât, me retien-
drait toujours de ce côté du monde.

Aujourd'hui, les soirs de juin ne sont plus
tout à fait semblables. On ne dîne plus dehors,
pas même à la campagne, où la télévision,

comme ailleurs, requiert notre esclave présence. Pourtant, le plus souvent possible, en compagnie de celle qui partage ma vie depuis les soirs de juin de mon adolescence, je prends ma voiture pour quitter la ville et gagner les champs et les prés. Alors tout recommence : la nuit n'est pas encore tombée, les andains sèchent dans les prairies, où leur parfum est resté le même. Inestimable viatique qui est capable de me transporter aussitôt dans un temps qui n'est plus, et de me le restituer exactement comme il était auparavant. Non par une vaine nostalgie, mais simplement pour me prouver que si nous changeons, le monde, lui, demeure le même, que les étoiles brillent toujours, qu'il existe près de nous la preuve d'un univers impérissable, auquel nous sommes, malgré nous, quoi que nous fassions, quoi que nous décidions, associés.

Parfois aussi, il m'arrive de ramasser une poignée de foin et de l'emporter dans ma cabane de jardin, en ville, où je la cache comme un inestimable trésor, vaguement coupable, mais tellement heureux que j'y pense comme aux bonbons rouges qui m'attendaient dans les bocaux de verre de l'épicerie au parfum de harengs séchés de mon village. Je m'y glisse fugitivement pour le respirer de temps en temps, et, en fermant les yeux, retrouver les sensations, les émotions d'avant, fidèles et secourables. Bouleversé par ce saut dans le temps, je sais alors que j'ai poussé la porte d'une éternité heureuse et que là où je suis parvenu, si je n'y prenais garde, si je m'éloignais davantage, les traces de mes pas s'effaceraient derrière moi.

Le feu

Il a toujours fasciné les hommes et continue de les éblouir. Le nombre de pyromanes, qui, hélas, sévissent chaque été, le démontre aisément. Le plaisir d'allumer un feu est un plaisir, il est vrai, immémorial et sacré. Tout un art, en fait, qui ne s'acquiert qu'au fil des années, au terme d'une longue pratique. Car il y a plusieurs manières d'allumer un feu, selon la cheminée dont on dispose ou selon l'endroit où l'on se trouve. Pour ma part, j'en possède deux, et elles ne se ressemblent pas. Une petite, en ville, où j'habite, close par une vitre de verre, et une autre, ouverte, beaucoup plus grande, à la campagne : en réalité, un vrai *cantou* comme il en existait avant, quand les femmes cuisinaient sur des trépieds, dans des marmites ou des faitouts où mijotaient pendant des heures des ragoûts, des daubes et des civets.

Naturellement je ne les traite pas de la même manière, bien que le bois que j'utilise soit identique. Du chêne, mais pas n'importe quel chêne : celui qu'on coupe sur le causse, massif, compact, lourd, et qui dégage dès la première flamme un parfum que je reconnaîtrais à l'autre bout de la terre, en pays étranger.

Je traite ce bois avec le respect qu'il mérite : je le coupe en hiver, je le rentre en juin et le fais sécher dans un hangar ouvert à tous les vents. Mais je ne le brûle pas avant trois ans pour être certain qu'il est bien sec. Je rentre aussi des fagots constitués avec les branches et les brindilles de ces chênes qui me servent à faire démarrer le feu plus sûrement que le petit bois que l'on utilise d'ordinaire.

Un feu de *cantou* doit être ample et vigoureux. Le papier que je dispose sous les chenets de bronze est du papier journal. Il contribue à fortifier l'odeur du bois de chêne. Ensuite je place les brindilles en les croisant pour retenir les branchettes que je pose au-dessus. Enfin des bûches d'un demi-mètre, deux ou trois, puis une plus grosse, au sommet. C'est prêt. Une allumette – surtout pas de briquet. Un peu de fumée monte et, avec elle, l'odeur venue du fond des temps, âcre, chaude, voluptueuse. C'était aussi celle des poêles des écoles de campagne le matin, quand on arrivait dans la classe avec l'onglée pour avoir lancé trop de boules de neige. Ces poêles protégés par un grillage blanc évacuaient la fumée par un tuyau qui formait un coude bizarre avant de s'enfoncer dans le mur au-dessus des cartes de géographie. On le chargeait à tour de rôle, mais je me portais toujours volontaire. Je pouvais rester long-temps immobile, accroupi devant lui, à respirer l'odeur qui demeure la même, pour mon plus grand bonheur, malgré les années.

Les premières flammèches, hésitantes, capricieuses, d'un jaune orangé déjà, réchauffent le cœur. Un coup de soufflet aux lanières de cuir, et voilà que le foyer s'embrase, cré-pitant, projetant dans la pièce des éclats de lumière et son odeur familière, rassurante, protectrice, une odeur aussi ancienne que l'enfance, celle de la mémoire des logis fami-liaux, transmise par le sang, par l'esprit, par le bois.

Dans ces cheminées d'un autre âge, le tirage n'est pas toujours parfait. La fumée déborde de la grosse poutre maîtresse qui sou-tient la hotte de pierre, se répand dans la pièce. L'odeur n'en est que plus puissante, et même si les yeux piquent un peu, cela ne dure pas : un simple courant d'air suffit à chasser la fumée et à faire crépiter définitivement le foyer d'or aux ailes bleues.

Je me souviens de la cuisinière en fonte de mes grands-parents. Elle chauffait toute la maison, la porte des deux chambres restant ouverte. Elle servait à la cuisine aussi bien qu'au chauffage. Des casseroles d'eau y ronronnaient sans cesse, pour le café, pour les bouillottes du soir, pour le plaisir de les entendre fredonner des chansons immémoriales. On ouvrait le foyer avec un pique-feu, enlevant un à un les cercles aux dimensions croissantes à mesure qu'apparaissait le four. Mon grand-père allumait avec du papier journal et des épis de maïs libérés de leurs grains, ce qui donnait au feu une odeur que je n'ai retrouvée nulle part. Il m'arrive de chercher des épis en novembre, dans les champs dévastés par l'effrayante machine en forme de mante religieuse qui, aujourd'hui, les coupe, puis de renoncer devant la nécessité de faire sécher ces épaves déchiquetées par des dents monstrueuses. Heureusement, le bois a gardé son odeur.

Je préfère, et de beaucoup, je l'ai dit, celle du chêne. Le hêtre, lui, répand une odeur plus âcre, plus profonde, plus mystérieuse sans doute. Il tient moins bien le feu, se consume plus rapidement. Comme le peuplier, le frêne ou le tilleul qui ne sont, pour les cheminées, que des bois de secours. Seul le châtaignier trouve grâce à mes yeux : il sent moins bon que le chêne, mais il crépite et craque joyeusement comme les travées et les planchers anciens. C'est un bois chaleureux, plus tendre, moins orgueilleux que le chêne. Un bois qui réchauffe davantage les mains que le corps, et qui a presque autant d'esprit que le chêne.

Il faut, en automne, faire cuire des châtaignes dans ces feux-là. Au milieu d'une poêle percée, après les avoir entaillées pour qu'elles « n'explosent » pas. Elles cuisent en craquant, avec de brefs soupirs, comme un enfant qui dort. On peut aussi faire cuire des pommes, à la même saison, en les enfouissant sous les cendres. Le grand luxe, ce sont les pommes de terre qui ressortent grillées – noires d'un côté et tendres de l'autre. On doit manger leur peau en se brûlant les doigts, comme nos ancêtres, savourer cette chair précieuse qui les sauva de bien des famines, et faire chauffer dans le creux du chenet le verre de vin qui la rendra plus suave.

Les feux des cheminées des villes sont moins amples, plus étroits, plus fragiles. Les bûches moins longues, moins épaisses, donnent moins d'éclat, mais l'odeur qu'elles dégagent demeure la même. Et le fait d'allumer dans une maison de ville, s'il est moins émouvant, est peut-être plus réconfortant. Comme s'il constituait la preuve que le chemin parcouru depuis les campagnes n'a pas encore été totalement recouvert par les herbes folles du temps, qu'il est demeuré visible, qu'on peut en retrouver la trace, pour peu qu'on en manifeste la volonté. Ces feux sont des feux de recours. Ils cherchent à renouer des liens enfouis dans le passé, dont les flammèches se rallument quelquefois dans notre mémoire, comme pour nous rappeler d'où l'on vient. Ils perpétuent une manière de vivre qui dura des siècles et s'est éteinte avec le chauffage central.

Il faut se souvenir que les premiers hommes, quand la flamme jaillissait, ressentaient probablement des sensations identiques aux nôtres. Les milliers d'années traversées depuis sa découverte ne les ont pas modifiées. Devant le feu, nous redevenons ces hommes-là, ces femmes-là, qui n'avaient pas encore mis en œuvre leurs folles déprédations, et nous retrouvons un peu de notre innocence perdue.

L'eau

Nous savons qu'elle est précieuse, qu'elle manque à beaucoup d'hommes aujourd'hui de par le monde, mais nous avons oublié qu'elle manquait aussi à nos grands-parents contraints d'aller la chercher au puits ou à la fontaine. J'y suis allé, avec ma grand-mère périgourdine, portant les seaux jusqu'en bas d'une longue descente, puis remontant péniblement à ses côtés. En bas, près de la fontaine où nageaient des tritons et des salamandres d'or, nous rassemblions nos forces à l'ombre des châtaigniers et des acacias ; enfin nous repartions sur le petit chemin qui montait sans la moindre ombre à l'assaut de la colline où se situait la maison. J'entends encore le souffle de ma grand-mère près de moi, je me souviens des précautions qu'elle prenait pour ne pas renverser la moindre goutte, de cette économie d'une casserole dont elle se servait à plusieurs reprises avant de la jeter. C'était à la Brande, tout près de Sarlat, je n'avais pas dix ans.

Sur le causse lotois, dans ma famille maternelle, il fallait chercher l'eau à un kilomètre, et mes parents se sont souvenus longtemps de vives remontrances pour une timbale renversée par maladresse. L'eau courante, en effet, n'a fait son apparition que dans les années soixante.

Pour éviter les corvées, un de mes grands-oncles construisit une citerne afin de récupérer l'eau du ciel, une citerne que je possède aujourd'hui, pour avoir acheté cette maison plantée au bord du causse, et qui m'est si chère. Jamais une eau ne m'a paru si fraîche. Car la citerne a été façonnée dans le rocher, sur lequel la maisonnette est assise, à quelques mètres d'elle. Je n'en use qu'avec parcimonie, comme le faisaient mes grands-parents. Je sais ce qu'elle doit à cet homme, à ses efforts au bord de l'à-pic, pour cimenter l'ouvrage, avec ses seules mains, un échafaudage rudimentaire, d'où il aurait pu tomber et se tuer. Elle fonctionne toujours, cette citerne. J'en tire quelques seaux en été et je suis chaque fois étonné de sa fraîcheur lumineuse.

Qu'on me comprenne bien : l'eau des puits vient du sol, des nappes phréatiques ; l'eau des citernes vient du ciel, et c'est toute la différence. C'est une eau qui n'a jamais stagné. Elle est pleine de lumière, de l'esprit des dieux et non des catacombes. Elle n'a jamais eu de contact avec la terre, seulement avec le ciel et avec la pierre. On comprend qu'elle n'a pas de profondeur mais de l'éclat, et qu'en pénétrant en vous elle vous illumine en vous glaçant jusqu'aux os.

Les sources, sur le causse, sont rares et le plus souvent perdues. Il y a trop de failles dans le calcaire, et l'eau de pluie chute de cascade en cascade au creux des gouffres d'où elle ne remonte que rarement. J'en connais une, seulement, au fond d'une combe secrète, qui jaillit nue, transparente, rebelle et solitaire. Elle ne sert qu'aux oiseaux, aux lièvres, et mourrait de se sentir prisonnière, contrairement aux fontaines, d'ordinaire aménagées par la main de l'homme. Ce qui les différencie le mieux, c'est le goût de leur eau : celle des sources a le goût de la pierre, celle des fontaines plutôt celui de la terre. En outre, elles ne s'embellissent pas de la même couleur : celle des sources, bleutée, réfléchit davantage la lumière du ciel que celle des fontaines, plus sombre, qui émerge dans la verdure et au milieu des arbres.

Plus belles, encore, que les sources, sont les résurgences, qui ramènent à la lumière les eaux d'infiltration des pluies et des orages, le plus souvent par ce qu'on appelle un « œil ». Chez moi, le plus célèbre est « l'œil de la

Doue ». On y accède par un long chemin
empierré qui se faufile entre les rochers, et
semble ne mener nulle part. Un kilomètre en
aval de la résurgence, pourtant, un magnifique
moulin dresse encore ses bâtiments intacts sur
le bief du ruisseau. Dans cette gorge aujour-
d'hui protégée – on y a retrouvé une libellule
qui n'existe plus qu'ici dans le monde –, on
a l'impression qu'on n'arrivera jamais.

Enfin, au détour du chemin, la résurgence
apparaît : le rocher calcaire s'incurve en
forme de paupière, dessinant un demi-cercle
sur une ombre inquiétante. A même le sol,
des galets blanchâtres soulignent la splendeur
de cette eau qui sourd des profondeurs du
causse et attend l'orage pour déborder, ali-
menter le ruisseau. Elle n'est ni bleue ni
verte : c'est une eau de cristal, d'une extrême
fraîcheur, qui laisse sur le visage la sensation
d'un vent de neige. Une sensation qui dure,
qui porte au frisson.

Depuis la résurgence jusqu'au village de
mon enfance, dans la vallée, à huit kilomètres
de là, on compte dix-sept moulins. Aban-
donnés aujourd'hui, mais qui firent vivre une
centaine de personnes en un temps où l'élec-
tricité des minoteries ne les avait pas ruinés.
C'est dire la force de cette eau qui, furieuse
d'avoir été emprisonnée, se montre ivre de sa
liberté, d'une vie miraculeusement rendue.

Si elle est rare sur le causse, l'eau est partout, en bas, dans la vallée. De nombreux ruisseaux parsemés de lavoirs la sillonnent, conduisant tous à la Dordogne, celle que j'ai appelée la rivière Espérance. Ce sont des ruisseaux clairs, sauvages, à l'eau si froide qu'elle paralyse les mains et les jambes. J'ai passé de longues heures sur leurs rives, ou près des femmes qui lavaient le linge en se racontant les malheurs de leur vie. Ils donnaient à l'herbe des prairies un parfum puissant, qui se diluait doucement dans les soirs d'été. Ils étaient peuplés de truites que nous traquions sans répit, mais le plus souvent sans succès. Ils ne se taisaient jamais : chuchotant, murmurant, cascadant sur les pierres, leur chanson nous accompagnait tout au long des jeudis enchantés. Ils avaient des noms merveilleux : la Tourmente, la Sourdoire, le Vignon ou la Doue.

Les grandes rivières, contrairement aux ruisseaux, sont solitaires, farouches et ne se rendent qu'à la mer. Elles dévalent des montagnes avec la vigueur d'une folle jeunesse, puis elles s'apaisent dans les plaines, deviennent adultes en s'élargissant, ralentissent, vieillissent, jusqu'à se fondre dans la mer. Leurs eaux sont claires puis bleues, puis vertes, puis grises. On ne peut pas les retenir comme on le fait avec les ruisseaux. Les rivières n'appartiennent à personne. Leurs eaux non plus. Entre montagne et mer, elles irriguent la terre comme le réseau sanguin notre corps. C'est pourquoi de leur mort nous pourrions mourir.

Les pierres

Ma maison du causse est bâtie sur un socle de pierre et de rocher, au bord d'une petite falaise qui s'ouvre sur la vallée et, par beau temps, cent cinquante kilomètres de ciel. Rien mieux que ces pierres-là ne sait réfléchir la lumière du jour. C'est pour cette raison que la luminosité, là-haut, est exceptionnelle. Leur couleur, d'un jaune orangé, se marie avec le bleu du ciel dans une harmonie bienheureuse. Elles se détachent du socle calcaire, envahissent les champs, les combes, les jardins, concrétisant leur présence victorieuse, leur règne millénaire. Lorsque j'ai voulu carreler ma maison, il a fallu faire sauter les plaques de rocher en les minant. Les murs, bâtis au XVIIIᵉ siècle, mesurent plus de soixante centimètres d'épaisseur. A l'intérieur, il fait frais en été, chaud en hiver.

Les chemins ne sont pas goudronnés, mais empierrés, comme il se doit, de façon naturelle. Les dernières brebis y font résonner leurs sonnailles. Cette chanson ne s'est jamais

éteinte tout à fait. Leur odeur stagne sur la
pierraille, exaspérée par le soleil d'été. Je les
suis jusqu'au plus profond des chênes nains,
dont Malraux disait que la Gestapo ne croyait
pas qu'ils pussent cacher des maquis, « parce
qu'elle ne croyait qu'aux grands arbres ». Elle
oubliait, heureusement, ces nombreux chemins de pierre qui y forment un réseau dense,
et où nul convoi ne s'enlisa jamais.

Au bord de l'à-pic rocheux, ma maison
surveille la vallée. Mon vieil oncle Antonin
s'asseyait contre la citerne pour guetter le
tournant de la route. Elle serpente entre les
peupliers, puis, de ressaut en ressaut, accède
sur le causse à bout de souffle. Une fois en
haut, elle franchit un ultime seuil entre les
rochers avant de se prélasser, fatiguée, entre
les murs de lauzes. Ces murs témoignent de
gestes patients et industrieux, d'une alliance
avec les pierres avec lesquelles il a fallu
compter, puisqu'elles étaient là depuis toujours. Au lieu de les combattre, les hommes
les ont apprivoisées. C'était ce qu'ils avaient
de mieux à faire, car la dureté de la vie, ici,
mobilisait l'essentiel de leurs forces.

Dans le temps, sur ce causse, existaient des
perriers, c'est-à-dire des hommes qui étaient
à la fois carriers et maçons. Ils faisaient sauter
le rocher à la dynamite, en mouraient parfois,
mais le plus souvent taillaient les pierres avec

lesquelles ils montaient des murs. On voit
encore les blessures des carrières à flanc de
colline : des grandes caries blanches ouvertes
sur le ciel qui les calcine. Dans ma famille,
il y a eu beaucoup de maçons. Mon grand-
père paternel, d'abord, puis mes deux oncles,
des cousins, d'autres aussi, dont la présence
me rendait heureux. Je les ai souvent regardés
tailler les pierres, préparer le ciment sans
machine, avec sable, pelle et eau, élever les
murs, vérifier l'aplomb, essuyant leurs mains
poussiéreuses sur des bleus de travail amoureusement ravaudés par leurs femmes.

C'étaient des hommes lents et précis, dont
chaque geste ne pesait pas plus que le précé-
dent, était mesuré pour ne pas fatiguer le bras
qui travaillait douze heures par jour. Je me
suis parfois dit que j'aurais aimé être maçon,
mais je me félicite aujourd'hui de ne l'être
pas devenu. Car il n'y a plus de tailleurs de
pierre, et les maçons utilisent des briques ou
des moellons. Les pierres, elles, demeurent,
inaltérables et ignorées, sauf de ceux qui,
comme moi, les savent vivantes.

Sans doute pour cette raison, la découverte
de ruines cachées me bouleverse. Ces maisons détruites, ces granges écroulées, ces vies
disparues je ne sais où me font douloureusement mesurer la fuite du temps. J'en éprouve
intimement leur mortelle parenté. Je m'en

sens solidaire et comme responsable. Il y a en moi la conviction qu'il eût fallu plus de vigilance face à un invisible ennemi. Que ces murs avaient été montés par des hommes confiants, des hommes dont la vie s'est brisée inexplicablement.

Par quelle traîtrise ? Quelle faiblesse ? Je n'en sais rien. Je pose la main dessus, à plat, et je devine à quel point la vie est là, pourtant, et à quel point ces pierres ont su garder la chaleur, précieusement. De même, en automne, quand je m'assois sur un socle calcaire pour regarder s'embraser les lointains, je sens sous moi la chaleur emmagasinée pendant les longs jours de l'été. Elle monte lentement, gagne l'extrémité de mes pieds, de mes mains, me réchauffe jusque dans le cœur. C'est une sensation d'une telle puissance qu'elle me semble capable de réveiller un mort. Essayez ! Vous verrez ! Prenez dans vos mains, en été, un galet rond de rivière. Il dégagera une chaleur d'une extrême douceur, qui évoque celle des ventres maternels. Rond, lisse, si vous le serrez un peu, vous croirez sentir sous vos doigts la vie en train de grandir, des jambes et des bras remuer sous une peau tiède, à caresser précautionneusement. Les enfants du début du siècle dernier, qui enfouissaient des pierres chaudes dans leur poche pour réchauffer leurs doigts sur le chemin de l'école, découvraient une vérité qu'ils ont sans doute oubliée : la vie est présente partout, jusque dans les pierres.

Comme nous, sachez-le bien, les pierres ont besoin de chaleur. Elles ne vous la rendront que si quelqu'un, ou quelque chose, leur en a préalablement donné.

Les arbres

Je connais les arbres et je les aime. Du plus loin que je me souvienne, ils sont présents dans ma vie. Et d'abord à l'école, dont le foirail, bordé de grands ormes, nous servait de cour de récréation. C'étaient des arbres magnifiques, puissants, trapus, à l'écorce rugueuse et aux feuilles dentées, rudes au toucher, qui laissaient sur la peau une odeur que je retrouve encore, de temps en temps, quand ma main glisse le long des ormeaux renaissants. On peut parler de renaissance, en effet, puisque les ormes, contaminés par la graphiose, ont failli disparaître. Aujourd'hui, heureusement, ils sont sauvés, mais leur mort progressive a coïncidé avec la disparition d'une manière de vivre, d'un monde protégé. D'où, sans doute, mon attachement pour ces arbres superbes dont les loupes, utilisées en ébénisterie, évoquent la couleur chaude de l'ambre.

Avec mon enfance, surgissent les marronniers d'autres cours d'école, dont les feuilles

servaient de modèle aux premiers dessins de
l'année. Feuilles aux fines nervures, d'un vert
profond, dont le pétiole, si on l'écrasait, laissait sur la peau un parfum persistant, un peu
amer. Les marrons, d'un lisse de galet, lui-
saient avec une légèreté surprenante, et servaient parfois de projectiles, sans le moindre
danger. Ils ont gardé leur mélancolie, celle de
l'automne débutant, de la fin des vacances,
des premières feuilles qui tombent.

J'ai aussi beaucoup aimé les tilleuls, pour
leurs feuilles d'un jaune pâle, leur parfum très
doux quand elles sèchent au soleil, le murmure des abeilles dans les plus hautes branches, le goût des tisanes du soir. Je n'en
buvais guère, c'étaient mes grands-parents
qui s'en servaient des tasses dont la buée
montait, envahissait la pièce, attendrissant les
regards et le temps. Ma grand-mère gardait
les feuilles précieuses dans un grenier dont
les étés exaspéraient l'odeur, dans la poussière et les mouches mortes au rebord des
fenêtres, les vieilles poupées sans bras ou
sans jambes, les landaus privés de leurs roues.
Plus personne aujourd'hui ne récolte les
feuilles. Si : une vieille femme, il y a peu,
m'a demandé la permission de ramasser
celles de mon tilleul. Je la lui ai donnée avec
la satisfaction qu'on imagine, et je l'ai aidée
à les cueillir, le nez dans l'arbre, respirant le

parfum douceâtre dont les vagues m'ont emporté vers des ombres paisibles, à jamais délivrées de la souffrance de vivre.

Les chênes nains du causse agrippent désespérément la fine couche de terre sur le rocher. Ce sont des arbres qui ne grandissent pas mais qui luttent pour leur survie. Des arbres de résistance, dont les racines cherchent un appui sans toujours le trouver. Alors elles demeurent suspendues dans le vide, nous appelant à l'aide, inutiles, vaincues. Ces arbres sont sources de pitié. Leur courage m'étonne et m'émeut. Les derniers hommes de ces causses leur ressemblent : secs, arc-boutés sur cette terre trop maigre, ils luttent et s'accrochent de toutes leurs forces pour demeurer en des lieux qu'ils n'ont pas choisis, mais qu'ils aiment. Regardez ces arbres, ils vous diront ce qu'est la vie depuis des millénaires : un combat jamais gagné, mais pour autant jamais perdu.

Les grands chênes de la vallée, eux, règnent sur tous les autres arbres. Opulents, magnifiques, ils portent des couronnes immenses dont les glands émergent comme des joyaux d'or. On ne peut faire le tour de leur tronc avec les bras. Ils dominent les prés et les champs avec la conscience de leur force, et, du haut de leurs certitudes, ils nous jugent, pauvres hommes dont la petitesse est touchante en comparaison de leur grandeur sereine. Les plus beaux sont les solitaires. Ils ont écarté tout ce qui pourrait nuire à leur splendeur. Ils sont orgueilleux, mais ils ont raison de l'être : ils ont défié le temps mieux que les hommes et ils ne croient pas à la mort. Ils croient à la pluie, au printemps, au soleil, aux étoiles. Ils savent que c'est dans la patience, dans la lenteur et non dans l'agitation qu'on vit le mieux. Il est rare que la foudre les frappe.

Pas plus que les hêtres qui sont leurs demi-frères, presque aussi puissants, aussi majestueux qu'eux. Leurs fûts, très droits, s'élèvent sans branches, donnant aux hêtraies un aspect de colonnes grisâtres qui soutiennent un feuillage épais diffusant une ombre froide. Leurs faines attirent les écureuils. J'en ai mangé : c'est âcre, un peu amer, délicieux. Leur bois, légèrement rosé, porte des feuilles épaisses qui virent rapidement à l'automne au brun cuivré. Ils sont les premiers à l'annoncer. Ce sont des arbres pour la mélancolie. Ils ne sont forts qu'en apparence, ne sont heureux que du souvenir de leur bonheur : celui de leur splendeur d'été.

Plus fragiles que ces deux princes des bois sont les frênes, les charmes ou les saules. Les premiers, s'ils dépassent souvent les chênes ou les hêtres, ne sont jamais aussi touffus, aussi robustes. Le frêne est fragile, comme un adolescent trop vite grandi. Il n'est pas assuré sur ses jambes, et son bois, s'il est d'aspect compact, ne résiste pas longtemps à la scie. S'il s'épaissit, son tronc se crevasse, laisse pénétrer les parasites qui le tueront. C'est un arbre qui ne croit pas à sa force. Ses feuilles laissent passer le vent, ne se battent jamais contre lui. Au contraire des charmes, dont les feuilles ovales, deux fois plus longues que larges, sont d'une extrême douceur mais savent résister en chantant au vent le plus violent. Leur écorce grise, un peu cendrée, est aussi lisse que leurs feuilles sont douces : c'est un arbre pour la douceur de vivre, d'où les charmilles du XIXᵉ siècle, plantées par les romantiques.

Les saules sont des arbres au bois tendre, comme celui des peupliers. Ils cassent sous leur propre poids et, s'ils vivent vieux, sont couturés de blessures comme des grognards d'Empire. Il y avait dans mon jardin, lorsque j'étais enfant, un saule pleureur. J'en coupais des tiges et les mâchais sans savoir qu'elles pouvaient être toxiques. Il est vrai qu'elles étaient d'une amertume propre à décourager la bouche. Qu'importe. Aujourd'hui, même si je le sais, je mâchonne toujours une tige de saule chaque fois que j'en rencontre un. Un flot de salive, alors, me renvoie éperdument vers des rivages que j'ai quittés, et témoigne en moi du temps qui a passé.

Rien ne m'émeut davantage, au détour du chemin, que les chandelles vertes des peupliers d'Italie le long d'une route, escortant un ruisseau, signalant la présence d'une ferme isolée. Ils évoquent pour moi la Toscane, la vie simple et douce, comme les trembles qui sont leurs cousins. Leur nom vient du fait que leurs feuilles s'agitent même en l'absence de vent. Ils disent la vie en plein cœur de l'hiver, par quelques feuilles jaune citron accrochées à leurs plus hautes branches. Ils murmurent sans cesse une chanson qui parle de caresses et de fragilité.

J'ai une vraie passion pour les bouleaux de Sibérie, le blanc de leurs fûts plus blanc que neige, leurs petites feuilles tremblantes même en été. Il y en a deux dans le jardin voisin du mien. Je les aperçois de mon bureau, et je voyage facilement. Ils m'évoquent les vastes espaces blancs, Boris Pasternak, *Le Docteur Jivago*, Tchekhov, Tolstoï, la retraite de Russie, le froid de l'hiver, tout ce qui dure, l'immensité de la vie.

Enfin, dans mon cœur, il y a l'arbre de l'éternité. Il est vieux de deux cents ans et trône seul près d'une église qui sommeille dans un hameau du causse. Il abrite dans son ombre délicieuse un banc sur lequel je

m'assois pour écouter les cloches moyenâ-
geuses sonner les heures, depuis toujours. Il
est hors de doute qu'elle les sonnera éternel-
lement. Je ne me suis jamais demandé si
c'était un tilleul ou un chêne. Quelle importance, puisqu'il est éternel et qu'il en
témoigne dans une paix heureuse ? J'y amène
parfois des amis, qui m'en reparlent, éblouis,
après avoir regagné la ville, longtemps après.
Qu'est-ce qui se passe, là-haut, sous cet
arbre ? Tout s'endort. Les feuilles ne bruis-
sent pas. C'est un arbre qui respecte le silence
et le nourrit de sa grandeur. Le temps s'arrête.
L'air épais cesse de couler. Le ciel est toujours bleu. Sous mon arbre de l'éternité, il
m'arrive de penser que je ne mourrai jamais.

Le gel

Il y a une magie du premier gel. Un matin d'hiver le froid s'est brusquement abattu sur la campagne. On hésite à sortir car une lumière inhabituelle descend du ciel. On devine que quelque chose s'est cassé. Où ? On ne sait pas. Du verre, sans doute : celui qui réverbérait la lueur des étoiles la veille au soir. Il s'est brisé pendant la nuit et cependant l'on n'a rien entendu. Si, pourtant, vers trois heures, il nous a semblé qu'une cloche a tinté. Non, pas une cloche d'église, une autre, plus lointaine, plus secrète : celle de la voûte du ciel.

Il faut aller voir ce qu'il s'est passé dans le jour qui se lève, se vêtir chaudement, pousser la porte, frissonner, sortir quand même ; refermer la porte derrière soi. Le vent du nord mord le visage ; l'éclat de la terre et du ciel, légèrement rosé, éblouit, fait mal aux yeux. Il a gelé. L'herbe est prise dans une gangue fine qui l'a figée, la fait briller, lui donne l'apparence d'un tapis neuf, immaculé, qui n'a jamais servi, sinon, peut-être, à un mulot, un chat, une quelconque sauvagine, mais certainement pas à un homme ou à une femme. L'air sent à la fois la pierre et les étoiles froides. Les toits aussi sont blancs, mais il n'a pas neigé. Il a gelé. Dès les premiers pas, le sol craque délicieusement sous le pied, garde l'empreinte, mais demeure blanc.

Il ne faut pas s'arrêter, ni faire demi-tour. Il faut prendre le chemin qui monte vers la colline, non celui qui descend vers le val abrité. Car c'est là-haut que l'on verra le mieux, que le vent glacé vous procurera en un instant la sensation d'être transpercé, gelé, vous-même, jusqu'aux os. Les arbres aussi sont blancs et dressent vers le ciel des branches squelettiques, qui appellent la pitié. C'est un blanc qui n'est pas celui de la neige. On voit à travers. C'est un blanc de lustre, associé pour moi à deux magnifiques souvenirs.

Le premier est celui d'un jeudi matin de décembre, lorsque j'étais enfant, sur le chemin des prés, dans la vallée. Je partis au hasard pour le seul plaisir de ressentir le premier froid, longeant un ruisseau familier. Le sol crissait sous mes pieds, tout était blanc sous le soleil qui faisait luire le moindre brin d'herbe, le talus du ruisseau, les pierres du sentier. J'eus alors l'impression d'entrer dans le premier matin du monde, tant la lumière était neuve, claire comme une eau vive. Rien ne bougeait. J'avançais dans les prés en laissant derrière moi une trace plus sombre que le gel, comme pour me permettre de retrouver ma route, un jour, je ne savais quand. J'allais tout droit, vers une colline lointaine, pénétrant dans ce blanc étrange qui enveloppait le monde entier, me donnait l'illusion d'être pris dans du cristal, d'être devenu transparent. J'avais l'impression d'être né du matin, que la vie devant moi était immense et lumineuse, qu'elle ne m'offrirait que du bonheur, que nulle ombre, jamais, ne viendrait la ternir, la souiller.

Le deuxième est plus récent, il date de cinq ou six ans. Ce devait être un après-midi de janvier. Il avait fait très froid, et la brume ne s'était pas levée depuis trois jours sur les collines du causse de Gramat. Je pris la route de Calès, entre des arbres dont les branches étaient gaufrées par un gel épais de plusieurs centimètres. Les fossés, les talus l'étaient aussi, de même que la route où nul n'avait circulé depuis la veille. Les branches formaient une voûte étincelante, et j'avais l'impression de me déplacer dans une église aux lustres immenses, allant de nef en nef, ébloui par cette lumière magique retenue prisonnière. Et cela sur plus de dix kilomètres.

Un monde blanc – un paradis blanc – où peut-être j'avais pénétré sans le savoir.

Je me suis arrêté un moment sur la route, et je suis descendu de voiture. Pas un bruit, pas un souffle de vent pour délivrer les branches emprisonnées, pas une présence humaine. Des candélabres d'argent autour de moi. Etranges. Magnifiques. Une cathédrale splendide jamais visitée, inconnue, née d'un passé secret ou peut-être de l'avenir. Il me semblait que des orgues jouaient, m'ensorcelant au point de ne pouvoir bouger, malgré le froid, la solitude, la vague nécessité de retrouver l'abri de la voiture. Le gel autour de moi vivait, soupirait par instants, témoignait d'une vie secrète qui voulait attirer mon attention, signifier quelque chose, mais quoi ? Immobile sur la route, je me suis interrogé longtemps, peut-être une demi-heure, en vain. Depuis, je me suis souvent demandé ce qu'il s'était passé ce jour-là, sous cette nef céleste, dans cette splendeur indicible.

Je crois aujourd'hui qu'il y a dans la beauté du gel un message caché. Sans doute le rappel d'une innocence lointaine, un germe, en nous, qui se souvient d'un temps où nous n'étions, avant la vie, dans l'hiver de la mort, que pur cristal.

La rosée

La rosée n'est pas le gel. Plus fragile, transparente, elle fleurit les prés non pas en hiver,
mais au printemps ou en automne, parfois
même au début de l'été. Elle accompagne le
plus souvent un changement de saison. Elle
naît au matin, un peu avant le jour, ou le soir,
à la tombée de la nuit, quand la température
fraîchit brutalement. Elle mouille les pieds,
mêlant douceur et fraîcheur sans jamais pro-
voquer une sensation de froid véritable.

Je me souviens surtout des petits matins de
juin, quand je portais des sandalettes en cuir
qui laissaient découverts mes chevilles et
mes orteils. Elles fermaient au moyen d'une
pointe qui pénétrait dans l'un des trous
d'une languette maintenue par une boucle rec-
tangulaire qui, souvent, meurtrissait la peau.
Elles donnaient aux enfants une impression
de liberté qui s'ajoutait à celle des grandes
vacances. Pressés de travailler avant la grosse
chaleur, mes grands-parents partaient vers les
prés alors que les coqs s'égosillaient. Munis

de râteaux aux fines dents de bois, nous écartions le foin coupé la veille afin que l'herbe pût sécher rapidement sous le soleil qui, là-bas, à l'est, dessinait une grande lune rouge. Froide d'abord, la rosée ne résistait pas aux premiers rayons, qui la faisaient fondre en moins d'une heure. Le matin sonnait clair, le monde me paraissait neuf et propre. J'avais l'impression de vivre dans un univers lavé de l'homme, où rien ni personne ne serait plus comme avant, un univers où tout était possible.

Plus tard, devenu adulte, lorsque j'ai ressenti cette sensation de nouveau départ, de propreté et de clarté, j'ai instinctivement baissé la tête vers mes pieds qui, hélas, ne portaient plus que des chaussures de ville. Il y avait longtemps que l'on ne fabriquait plus ces sandalettes qui semblaient avoir été conçues pour que les pieds des enfants pussent baigner dans la rosée, les matins de liberté. Les miens demeuraient secs. A me souvenir, il n'y avait plus de rosée que dans mes yeux.

Les anciens prétendaient qu'un bain pris nu dans la rosée garantissait une année sans la moindre maladie, régénérait les forces, y compris celles des hommes et des femmes âgés. Je n'ai jamais pris de bain de rosée, mais je me souviens de m'en être débarbouillé au temps où j'étais capable de coucher sous la tente et que l'eau manquait, au réveil. Heureux temps où le confort n'avait pas encore amolli la plupart des hommes et où le seul luxe possible, pour moi comme pour beaucoup d'entre nous, était l'achat d'une tente qu'il fallait dresser près d'un ruisseau ou à l'ombre d'un bois. Je passais les mains plusieurs fois sur l'herbe et les portais ensuite sur mon visage où leur fraîcheur sentait la menthe et laissait sur ma peau la sensation d'une caresse.

Il m'arrive aujourd'hui de reproduire ce geste les matins où je me lève tôt. Au printemps pour la pêche, en octobre ou novembre pour chercher ces champignons dits « de rosée », dont le chapeau est d'un blanc un peu laiteux mais les lamelles, dessous, d'un rose presque brun. Ils sont délicieux en omelette, ou simplement cuits dans la poêle, avec une goutte de vinaigre. En automne, les prés en sont parfois si couverts qu'il est possible de choisir les plus jeunes, les plus fermes qui résistent à la chaleur et dégagent une odeur un peu acidulée.

Pour apprivoiser la rosée, pour s'en faire une amie, en connaître la douceur, il faut quitter les chemins et entrer dans les prairies. Surtout si l'herbe est haute. Ne pas hésiter à la laisser imprégner vos chaussures et vos pantalons jusqu'au-dessus des genoux. Alors vous saurez vraiment ce que la rosée recèle de fragilité et de force. D'abord vous sentirez sur vos jambes une sorte de tremblement qui vous fera hésiter à tracer un sillon, puis elles s'alourdiront et la sensation de fraîcheur s'estompera. Vos jambes cesseront de trembler, et, au contraire s'affermiront comme si la rosée vous avait insufflé toute la force qu'elle portait. Car, malgré sa fragilité, elle est généreuse. Et sa force lui vient aussi bien de la terre que du ciel.

En effet, née de la fraîcheur de la nuit qui descend, elle puise son énergie dans la terre qui porte l'herbe où elle est éclose. Ses gouttes se révèlent lourdes malgré leur clarté. On dirait qu'elles sont grosses d'un amour que l'on croyait impossible. Et pourtant, si vous vous agenouillez, si vous regardez à l'intérieur, vous y verrez tourner la terre comme depuis la haute atmosphère. Mais elle ne tourne pas dans le bleu : elle tourne au cœur d'un rose d'une clarté superbe qui provient de plus loin que chez nous, une couleur plus secrète, plus mystérieuse que celle que nous connaissons : celle d'une naissance possible. Il m'arrive de penser que c'est celle d'avant le premier jour, quand Dieu hésitait encore à créer le monde.

La pluie

Il y a plusieurs sortes de pluies : fragiles, lourdes, froides ou chaudes, douces ou acérées. J'ai mes préférées : celles de la fin mai et celles de septembre. Les pluies tièdes, les pluies lourdes sous lesquelles il fait bon marcher, car elles savent vous accompagner et vous rendre le monde plus visible, plus présent.

A la fin du mois de mai, avec les premières chaleurs, la pluie exaspère le parfum des fleurs et des feuilles nouvelles. Elle participe au bouillonnement de la vie, et sa chaleur réveille au sortir de l'hiver tout ce qui était endormi. Je l'attends chaque année impatiemment. Dès qu'elle se manifeste par de grosses gouttes qui éclatent en menus soleils, je sors et prends la route des buis. Je sais que c'est près d'eux que j'en profiterai le mieux. Pas encore tête nue, mais ma casquette est si légère que je la sens caresser ma tête avec la plus grande douceur. De même sur ma parka qui n'est pas imperméabilisée. Car je ne tiens pas à m'en défendre, à la refuser. Je l'accueille comme elle le mérite, cette première pluie tiède qui célèbre avec courage la fin de l'hiver.

Je descends vers les buis, qui poussent à flanc de coteau, et, dès le premier tournant, à deux cents mètres, leur odeur pénétrante s'associe dans ma mémoire à celle de l'église, des bougies, de l'encens. La pluie tiède pèse sur eux plutôt qu'elle ne ruisselle, tant leurs feuilles sont serrées. Ils la boivent lentement, avec des chuchotements doux, auxquels répond le murmure de la terre attendrie. Je reste là, immobile, à respirer ce parfum troublant, qui me parle d'antiques célébrations, d'étoles et de surplis, de chants liturgiques, de confiantes processions.

Puis je repars sur les chemins déserts et je l'écoute grésiller sur les chênes nains, d'où monte maintenant un parfum plus léger d'écorce mouillée. Je peux marcher longtemps, accompagné par cette princesse aux pieds nus, qui fredonne un air connu de toujours, celui des premières pluies sur la terre éternelle. Je m'arrête seulement quand je suis transpercé, que la tiédeur de l'eau devient soudain très froide.

Autant que celle du printemps, je profite des pluies de l'automne. Lourdes et chaudes, elles paraissent verser sur les vignes et les bois toute la chaleur emmagasinée pendant les longs mois de l'été. Une chaleur qui vient du ciel et des nuages, accumulée par les beaux jours, les courtes nuits, et qui donne à cette pluie une épaisseur touffue. Elle pèse sur la terre encore grosse des raisins, des fruits trop mûrs, des regains ; elle exaspère les odeurs de moût, de barriques, de champignons, de feuilles déchues. Elle paraît chaude, ne porte pas aux frissons mais incline doucement mes pensées vers les feux de bois. C'est celle que je préfère. Dans les derniers jours suspendus des automnes violets, elle prolonge de son poids, de sa force, les longs soirs de juin, la clarté d'une vie qui s'en va. Autant celle du printemps est une pluie d'espoir, autant celle de septembre est une pluie désespérée, une pluie de mélancolie au versant de nos vies, avant le grand hiver.

Elle transperce facilement les forêts où poussent les champignons. Les cèpes et les girolles l'attendaient eux aussi. Ils se montrent fidèles au rendez-vous. Leur odeur profonde erre sur les fougères aux crosses lourdes qui s'inclinent vers une mousse épaisse. J'ai pris l'habitude d'en prélever régulièrement une poignée pour la sentir, m'imprégner de son parfum. La mousse est l'un des premiers végétaux à être apparu sur la terre : c'est ce que me murmure ce parfum humide, immémorial, qui réveille en moi des sensations de huttes au cœur des forêts, celles, probablement, des premiers essartiers ou des défricheurs de l'an mille.

Je peux marcher toute une journée dans ces bois imprégnés des pluies d'automne. Elles finissent par goutter dans mon cou, par traverser mes vêtements, mais sans jamais me donner froid. Contrairement aux pluies d'hiver qui transpercent très vite et saisissent le corps, surtout si elles sont portées par le vent du nord. Celles-là, je les fuis. Fines et dures, sans la moindre pitié, elles cherchent à atteindre les os, et ne parlent que de froid et de mort. Elles n'ont pas de parfum. Elles n'annoncent rien. Il n'y a que les feux de bois pour les vaincre. Alors, les pieds bien au chaud, l'or des flammes dans les yeux, je peux les observer d'un œil négligent par la fenêtre. Elles ont beau s'acharner sur les arbres et les toits, elles ne pénètrent plus rien, sinon leur propre hiver. Elles m'apparaissent vaines et inutiles. Je pense au mois de mai qui viendra, à la tiédeur d'une autre pluie, aux herbes grasses, aux prairies couvertes de fleurs, à l'espoir concrétisé, enfin, d'une vie nouvelle, qui, un jour, sera peut-être aussi la nôtre.

La neige

La neige est un miracle du ciel, un pur bonheur lié à l'enfance et à Noël. C'est du moins, pour moi, ce qu'elle évoque d'abord, aussi bien dans mes souvenirs qu'aujourd'hui. Si je ferme les yeux, je la vois tomber derrière les vitres de la maison de mon enfance, dans la salle à manger où flambe un feu de cheminée. Les grands flocons blancs ne cessent d'illuminer la nuit qui s'installe, apportant la sensation que le monde a retrouvé sa pureté originelle. Les toits se couvrent de blanc, bien avant le sol où glissent encore des voitures et des passants pressés. J'emporte dans ma chambre la vision magnifique de ce blanc feutrant la nuit, et je m'endors dans la certitude que demain sera un jour différent, un jour béni de l'existence, un jour à vivre intensément.

Dès que je suis levé, je cours derrière la fenêtre du jardin pour vérifier que personne n'a souillé ce blanc parfait, sinon quelques oiseaux dont les pattes l'ont seulement griffé.

Il ne neige plus mais le ciel est d'un gris plombé, toujours menaçant. Sur le chemin de l'école, mon capuchon sur le dos, j'écoute avec ravissement craquer sous mes pieds la couche épaisse avec un bruit de feutre, je regarde grossir la bosse blanche au bout de mes souliers, et je me retourne : mes pieds n'ont pas eu assez de poids pour traverser le blanc, ils l'ont simplement tassé, sans le salir. Satisfait, je repars. Mais la tentation est trop grande : ma main glisse le long d'un muret et rassemble la première boule qui me saisit les doigts et que je lance vers mes camarades de rencontre. Vingt centimètres d'épaisseur ! Quelle aubaine !

Sur la grand-route, le miracle n'est plus tout à fait le même car les voitures ont passé, déjà, mais il reste les murs, les talus où la couche n'a pas fondu, n'a pas été salie. Mes doigts ne sentent plus le froid. La neige, dans mon cou, dans mes cheveux, fond sur ma peau avec une délicieuse brûlure ; ma bouche en boit quelques flocons, mes doigts se raidissent de froid.

Une fois à l'école, nous nous précipitons vers le poêle qui ronfle dans une bonne odeur de papier journal, de bois sec, de craie et de poussière. Très vite, l'onglée saisit douloureusement les doigts trop vite réchauffés, et je m'éloigne du poêle pour m'approcher de la fenêtre et contempler la cour encore blanche malgré le piétinement des élèves arrivés depuis peu. Le maître les appelle. La classe commence mais elle sera différente de la veille : la neige dehors suspend le temps, son éclat se répercute jusque dans la salle où notre attention, malgré les efforts du maître, se dissipe. Nous pensons tous à la récréation, aux batailles proches, au monde neuf qui nous attend.

Le maître devra y mettre bon ordre : cinq minutes de boules de neige, puis interdiction d'y toucher. Qu'importe ! Cela suffit largement à notre bonheur. Nous la foulons avec nos pieds, les oreilles et le nez rougis par le froid, et déjà nous avons hâte de rentrer, sachant que viendra le retour vers nos foyers dès midi, et que la blancheur du matin ne sera plus la même, sauf s'il neige de nouveau. Je guette le ciel, des flocons tourbillonnent puis s'arrêtent. Non, ce soir, peut-être. En tout cas jeudi, puisque c'est demain. Et le miracle se reproduit : la neige retombe avec la nuit.

Le lendemain, quand je me réveille avec, devant moi, un grand jour de liberté dans les champs et les prés qui ont revêtu leur belle pelisse blanche. On distingue à peine le tronc des arbres, les fenêtres des maisons. C'est l'heure de bâtir, juste devant la porte, ce bon-homme de neige que l'on coiffera d'un chapeau et munira d'une pipe. De partir dans le chemin qui court vers les prairies immaculées et silencieuses, où l'air, sur les tempes, forme une étoupe, où rien ne bouge, à peine un oiseau, où les pieds s'enfoncent jusqu'aux chevilles dans un bruissement très doux, une caresse. Je marche pour le seul plaisir de marcher, de m'approprier ce monde si inhabituel, si inespéré. Je marche jusqu'au bout de mes forces, les yeux pleurant de froid, les oreilles douloureuses, mais heureux comme jamais ; comme si, enfin, la terre avait consenti à porter les hommes sans leur tendre le moindre piège.

Bientôt Noël. Il était rare que la neige coïncide avec les vacances et la messe de minuit. Cela s'est produit une fois ou deux. Je garde précieusement le souvenir fabuleux des flocons sur le chemin de l'église, des fidèles qui se pressaient, du sol blanc au retour, dans la nuit où sonnaient les cloches. Une nuit miraculeuse, enchantée, dans laquelle les chants liturgiques semblaient encore résonner bien qu'ils fussent éteints, où le ciel sans étoiles se refermait sur le village pour l'isoler, donner aux vivants l'impression qu'ils étaient seuls au monde, perdus mais confiants.

Si le temps a passé, le pouvoir de la neige sur moi est demeuré intact. Je l'attends, je l'espère, sûr que je retournerai dans une enfance bénie, comme si les jours n'avaient pas coulé de ma vie. Cette permanence me rassure. Elle me souffle à l'oreille que si j'ai changé, la neige, le froid, le monde, eux, sont restés les mêmes.

Chaque fois que la neige est tombée, j'ai bâti comme autrefois un bonhomme avec mes enfants dans le jardin, j'ai disputé avec eux une bataille de boules de neige jusqu'à ce que mes doigts crient grâce, et je les ai volontairement réchauffés trop vite pour sentir cette onglée que je redoutais tellement, mais qui, aujourd'hui, ne me fait plus souffrir, au contraire : elle témoigne d'un bonheur indicible – nous sommes si fragiles auprès de nos enfants.

Ainsi, moi qui fréquente peu l'église, je rêve à une messe de minuit qui serait célébrée dans un univers de neige. Un peu avant le 25, je fais le tour des villages pour lire les avis sur les portes closes, et parfois je trouve une annonce. Il y a deux ans, l'une d'elles, ouverte à cette période, contenait une crèche. Justement parce qu'elle proposait une messe à minuit. J'ai espéré la neige mais elle n'est pas venue. Qu'importe ! Elle viendra bien un jour. Alors j'irai assister à la messe quel que soit l'état de la route, je lèverai la tête vers la lumière des lustres, l'or des retables, j'écouterai les chants d'allégresse et, quand je ressortirai dans la nuit, je marcherai longtemps

vers ma voiture que j'aurai pris soin de garer
très loin. Peut-être que je me perdrai. J'enten-
drai craquer la neige sous mes pieds avec un
bruit de sucre d'orge, je me laisserai enve-
lopper dans le silence d'étoupe, et j'irai là où
personne ne va, où personne n'est jamais
allé : vers la seule vérité de nos vies, celle de
notre enfance, quand nous étions encore près
de l'autre monde, que notre mémoire se sou-
venait des routes d'avant la lumière du jour,
au cœur du grand paradis blanc.

Le vent

Les hommes ne l'aiment pas. Ou peu. Moi, si. Même le vent du nord, qui coupe et mord la peau sans la moindre pitié. Il existe pour mieux nous faire apprécier l'abri des maisons, pour nous donner cette impression de paix et de sécurité dès que, la porte refermée, la chaleur des foyers nous réconforte. Dehors, je l'affronte sans crainte, sachant que, passé la première morsure, il s'adoucira ou, du moins, que je m'habituerai à lui. C'est un vent sans parfum, clair comme une banquise, qui parle de steppe, de toundra, de glace, de vastes espaces blancs. Il a des yeux polaires, des mains comme des ciseaux, et il pousse les bêtes sauvages à se rapprocher des hommes.

Il annonce les grands froids, le cœur de l'hiver, le gel ou la neige. C'est un vent qui glace les os, qui porte au frisson. Il ne faut en attendre aucune miséricorde. Il est têtu, implacable, cruel. Il n'a pour lui que sa lumière : celle du monde d'où il vient, et qui témoigne d'une pureté millénaire, d'un

monde d'avant les hommes, d'où sa férocité :
il sait qu'avant lui aucun sang n'avait coulé.
Il se venge, il punit, puis il s'en retourne chez
lui pour se ressourcer, se laver, oublier qu'il
n'aurait jamais dû quitter la banquise qui lui
donne naissance.

Le vent d'est lui ressemble, mais il est
moins cruel. Il peut être aussi froid, mais parfois, pourtant, il charrie des touffeurs venues
du sud et qui remontent follement vers le nord
avant de se tourner vers l'occident : c'est un
vent qui murmure des mélancolies slaves, qui
se plaint, un vent de soupirs, d'âmes malades.
Un vent qui ne dure pas, sans véritable force,
un vent capable de caprices et de traîtrises.

Ce n'est pas le cas du vent d'ouest, à qui
l'on peut se fier : il apporte la pluie, parle
d'océan, d'immensités liquides, d'écume blanche, tout en provoquant des changements de
température. En hiver il casse le gel et la
neige, fait rêver de printemps, ramène une
douceur perdue, oubliée, qui réchauffe le cœur
et le corps. Sa pluie n'est jamais froide, mais
tiède le plus souvent, même pendant les longs
jours sans soleil. Il transporte des odeurs
de marée jusque dans l'intérieur des terres,
des parfums de ports atlantiques, évoque des
voyages, des Amériques lointaines, les tempêtes de Terre-Neuve où sombraient les bateaux trop fragiles. Il est force et courage,

utile aux prés et aux jardins, généreux aux forêts et aux rivières. C'est un vent plein d'espoir, qui vivifie, qui fait du bien.

Je n'aime guère le vent du sud, que l'on appelle chez nous le vent des fous. Et c'est vrai que ses foucades chaudes, parfois chargées du sable du désert, portent à la tête quand il souffle le jour et la nuit. Il est sans pitié, dangereux pour les forêts qu'il embrase sans allumette. Capable de dévaster un champ en une nuit, il inquiète et angoisse, ne sait quoi faire de sa force et court de-ci de-là sans raison, pour le seul plaisir de nuire : il sait qu'après lui viendront les nuages, les orages, la foudre, et il s'en réjouit. Il faut lui pardonner : c'est un jeune homme qui n'a pas su grandir.

Et il y a le vent de toujours. C'est celui du premier souffle tiède, au mois de mai. Il parle du triomphe de la vie sur la mort, de la renaissance de chaque printemps. Depuis toujours et pour toujours, il nous souffle à l'oreille que notre destin est aussi celui-là, puisque nous sommes les enfants de la terre et du monde. Nés d'elle et nés de lui, comment ne ressemblerions-nous pas à ce qu'il nous révèle chaque année : la vie après la mort, la chaleur après le froid. L'espoir de renaître, ailleurs peut-être, mais plus forts, plus grands, pour un printemps, puis un été, l'automne enfin d'une autre vie.

Les parfums

J'adore le parfum du chèvrefeuille. J'en ai planté contre ma cabane de jardin, qu'il colonise depuis, et envahit jusque sous son toit. Sa suavité me rend la vie plus douce, je ne laisse pas passer un soir, en juin, sans m'approcher pour le respirer tandis que la nuit tombe. Près de lui s'épanouit un lilas, lequel fleurit plus tôt. Il arrive de temps en temps qu'en mai le parfum du lilas se mêle aux fleurs précoces du chèvrefeuille. Ce mélange, je l'appelle le parfum du paradis. Je guette chaque année une floraison tardive de l'un et une éclosion précoce de l'autre. Alors je sais que j'ai à portée de moi un délice de l'odorat, le parfum impossible, celui que nul, à part moi, ne connaît.

J'ai déjà évoqué le parfum des foins, des buis mouillés, de la mousse, du bois qui brûle, des vieux poêles d'école, de la craie, mais je ne saurai oublier celui de l'encens des églises. Il se mêle à l'humidité des murs entre lesquels il fait toujours froid ; à celui des cierges, aussi, et me renvoie irrésistiblement vers mon enfance, une certaine fragilité, un bonheur un peu craintif, de mystère. Il ne me rassure pas. Il me fait m'interroger sur nos vies, me place en instabilité, contrairement à ceux qui me fortifient, m'aident à vivre : ceux des chênes nains du causse en été, par exemple, ou de la poussière des chemins, des pierres chaudes, de ce qui, finalement, est assis sur le roc. Tout ce qui dure.

Comme ceux des jardins arrosés les soirs d'été, des prunes chaudes qui ont chu sur le sol et qui pourrissent, accablées d'abeilles. Ainsi que ceux des tilleuls, des sureaux, des carottes sauvages, des grains de blé, des maïs, des séchoirs ouverts à tous les vents, des granges encore chaudes des bêtes parties au pré.

Ce n'est pas le cas du parfum des greniers, de leur sécheresse, de leurs mouches mortes contre les vitres, des vieux objets qui ne serviront plus, de leur poussière, des fleurs mises à sécher, des débris végétaux. Voilà un parfum qui évoque ce qui ne dure pas, ce sur quoi le temps s'est acharné, un parfum qui ne console de rien : ni de vieillir ni de devoir mourir un jour.

Peut-être est-ce en automne, plus qu'au printemps, que les parfums sont les plus lourds, les plus épais, les plus présents. Je me

souviens de celui de l'alambic sur le chemin
de l'école : à la fois acide et chaud, chargé
d'alcool, bouleversant, qui me poursuivait
jusqu'aux marches de la cour. Je me souviens
aussi de l'odeur des caves, des pressoirs, du
moût, qui campait sur le village pendant de
longs jours. C'était une odeur à la fois fraîche et tiède, qui s'insinuait partout, comme
celle de l'alambic, à cause de l'alcool en fer-
mentation. Je la retrouve facilement aujour-
d'hui, même dans les caves désertes : elles
l'ont gardée précieusement entre leurs portes
closes, surtout si les barriques et les vieux
foudres sommeillent encore dans l'ombre
secrète, rêvant aux vendanges de jadis.

L'automne, c'est surtout la saison des marches en forêt, du parfum puissant des arbres,
des fougères et des champignons. Rien ne
sent meilleur qu'un panier de cèpes sur un
lit de mousse. A seulement écrire ces mots,
j'en ressens l'humidité profonde, vivante,
charnue, et je devine celui qui montera de la
poêle à peine chaude. Je peux marcher des
heures sans trouver la moindre girolle, à respirer les sous-bois. Surtout s'il pleut. Alors
les parfums s'alourdissent, errent au ras du
sol en vagues épaisses que les jambes soulè-
vent, et pénètrent dans les poumons si profondément, si intensément, qu'ils portent à la
suffocation. Mais cette suffocation n'est pas

douloureuse, au contraire : elle ouvre les
tissus, les régénère, donne au corps l'impression de s'inscrire dans le monde végétal, d'en
émerger soudain comme une plante.

Parfois s'y ajoute l'odeur d'écorce putré-
fiée, de vieille souche, de feuilles en décom-
position. Quand je sors de la forêt, l'air me
paraît moins riche, appauvri, à peine respi-
rable. Alors je hisse mon panier vers mes
narines pour prolonger le bonheur de la forêt
perdue.

L'hiver fige les parfums, les vitrifie. Ils
n'errent plus aussi facilement que pendant les
saisons de verdure. Seul celui des feuilles
déchues monte durant les après-midi, quand
le gel a fondu. Mais dans ce vide des sens,
surgit brusquement l'odeur des cheminées, de
la fumée de bois. Quelque chose en moi se
soulève, me transporte aussitôt vers le jadis,
m'offrant la certitude que je connais cela
depuis toujours, que le feu et le bois, venus
de très loin, du fond des âges, prolongent une
manière de vie essentielle, sacrée. Il arrive
que cette odeur surgisse en ville au détour
d'une rue : celle d'un foyer pauvre, qui se
chauffe au bois, avec une cuisinière ou un
vieux poêle. Elle me transporte de joie. J'en
cherche la source et la découvre sans peine :
une petite maison de pierre aux volets bruns,
aux fenêtres anciennes, étonnée d'être là.

Quelquefois à Noël, pendant les vacances, des cheminées modernes laissent échapper une telle odeur de fumée. Comme la mienne, par exemple, que j'allume le matin et dont je laisse ouverte la porte de verre dès que la flamme paraît. Alors s'échappe dans le salon ce parfum âcre, chaud, bouleversant, qui me fait oublier où je suis, qui je suis, et me ramène vers le temps heureux des salles de classe.

Le printemps réveille les parfums, mais pas avant le mois de mai. Rarement en avril, sauf s'il ne fait pas froid. C'est d'abord celui des fleurs des cerisiers sauvages sur les coteaux, puis de l'herbe neuve, des premières graminées, des jonquilles, enfin celui des feuilles. Il en est un que j'attends : rare, léger, très doux, celui des cerises. Il dure au moins trois semaines, et s'épaissit un peu sur la fin, quand les fruits sont bien mûrs.

Je regrette d'avoir perdu celui des aires de battage lors des moissons. On ne bat plus les épis aujourd'hui, dans les petites propriétés. Ce sont les grands céréaliers qui moissonnent avec des machines géantes. Il m'arrive en traversant la Beauce, l'été, de sentir fugacement le parfum des blés. Si je le peux, je quitte l'autoroute et prends l'un de ces chemins qui s'enfoncent vers la grande plaine et je me guide au gré du vent. Si celui des blés s'éteint,

demeure au moins celui des chaumes, chaud
comme le pain, qui me parle d'étés interminables, de battages caniculaires, de paille et
de grains, des balles en suspension dans un
air épais comme une soupe, de banquets sous
les chênes, de rires et de chants.

L'aube

J'aime la magie des aubes d'été, quand je découvre la lumière qui vient de naître et que chaque fois monte en moi l'impression que le monde est neuf, qu'il m'attend pour m'offrir ce qu'il possède de meilleur. J'ouvre la fenêtre pour ressentir la caresse des premiers rayons du soleil, regarder au loin le ciel lavé par la nuit, sentir l'odeur du café que l'on verse dans des bols de porcelaine bleue, écouter les oiseaux s'émerveiller d'être en vie.

Les matins de pêche, je quitte la ville alors que la nuit rôde encore sur les immeubles et les maisons, je roule vers la rivière en me hâtant afin d'arriver avant le jour. Une fois à destination, je le devine à une pâleur qui l'annonce au-dessus de la falaise : une brèche dans la nuit. Ce n'est pas l'aube, c'est l'aurore, l'instant magique. La lèvre lumineuse du ciel s'agrandit doucement, déborde jusqu'à faire pâlir l'ombre étendue sur les prés et les champs. Dès qu'elle touche la rivière, l'eau se met à fumer, et, très vite, à pétiller. La lumière grignote l'ombre. L'aube est là. De longues nappes de brume s'accrochent aux rives puis montent lentement et se dissolvent enfin dans l'air qui resplendit dans un foyer d'argent. Les truites gobent les spents, ces éphémères morts pendant la nuit. Je traverse au gué, passe dans l'île d'où s'envolent des cols-verts et des martins-pêcheurs. Là, je m'assois sur les galets et contemple le monde né de cette aube si belle, où des éboulis de silence soulignent le murmure de l'eau. Pourquoi pêcher ? Quelle fausse nécessité me priverait de ce spectacle ? J'attends, j'écoute. Des chevaux hennissent dans les prés, là-bas, derrière un rideau de frênes. Des coqs s'interrogent dans des fermes isolées que je n'aperçois pas. La lumière, peu à peu, tourne de l'argent à l'or. Des parfums de genêts et de limon circulent sur l'île illuminée. Je regarde, j'accueille la vie en train de naître, incapable de me lever, de me soustraire à la beauté de la lumière, jusqu'à ce que le soleil chauffe trop. Alors, seulement, je commence à pêcher, puisque je suis venu pour ça, guettant les gobages les mieux établis.

J'entre dans l'eau jusqu'à la taille. L'eau fraîche saisit mes jambes malgré les *waders*, lutte contre elles. La soie déchire l'air, se tend, s'assouplit, la mouche tombe avec légèreté, et j'attends, le cœur battant, la truite qui, peut-être, va monter. Ce n'est plus l'aube mais le matin. Au-dessus de la falaise, la brèche par laquelle le jour est arrivé a saigné. L'air se réchauffe rapidement. Après plusieurs passages de la mouche, la truite monte enfin et la prend. Non, j'ai ferré trop tôt, parce que mon instinct m'a fait deviner l'ombre du poisson, le petit remous qui s'est dessiné sous l'appât. Celle-là a vu le geste ample du bras qui tient le fouet. Je ne la prendrai pas.

Je remonte le courant sur dix mètres, la main gauche dans l'eau pour en éprouver la fraîcheur. Je ne pêche pas. J'observe la surface liquide, les prés, le ciel, les arbres des rives où frissonnent les peupliers, je tente de me fondre dans le matin que la lumière neuve fait trembler comme un faon qui vient de naître. Puis le soleil surgit de derrière la falaise et tout s'embrase : l'eau, les arbres, les rives et le ciel. Les truites ont achevé leur festin et regagnent leurs caches. Je n'en ai pas pris une. Je me suis mis à pêcher trop tard. Je regagne le milieu de l'île et m'assois près d'un bouquet de petits saules. Je pense à l'ombre de la nuit, à la blessure de l'aurore, à la brèche de l'aube, à ce moment où tout bascule dans une lumière fragile, comme tout a basculé le premier jour, sans que, peut-être, aucun être vivant n'y ait assisté. C'est cette chance qui m'émeut, me pousse à quitter mon lit, à partir dans la nuit pour voir poindre le jour, le nouveau jour qu'il m'est donné de vivre.

Je ressens un peu moins d'émotion dans les aubes d'hiver, malgré la qualité de l'air, ses éclats de vitre, sa fragile transparence. Sans doute à cause du froid, qui rend le monde moins hospitalier, parfois hostile. De surcroît, il est rare que je me lève tôt en cette saison. Moins qu'en automne, en tout cas, qui reste la saison de la chasse et des champignons. J'aime aussi rouler dans la nuit, guetter, à l'horizon, l'aube qui met plus de temps à naître, à déborder des collines, et dont les couleurs sont moins vives. Les aubes d'automne sont paresseuses. Elles ne jaillissent pas mais prennent leur temps, s'installent à regret. Lequel ? Sans doute celui d'avoir été plus belles, plus vives, plus espérées. Il faut attendre le printemps pour qu'elles retrouvent plus de jeunesse. C'est pourquoi elles rougissent en naissant, et galopent loin sans jamais se livrer vraiment. Cela ne les inquiète pas. Elles savent qu'en juin, avec l'âge de raison, elles auront appris comment séduire les hommes.

« J'ai embrassé l'aube d'été. Rien ne bougeait encore au front des palais », a écrit Rimbaud. On ne saurait mieux dire. Les palais de la lumière ne sont jamais aussi beaux qu'en cette saison-là, et il faut y pénétrer avec précaution, en silence, comme sous des voûtes où se perpétue la présence divine. Cette lumière-là a quelque chose à voir avec l'éternel : elle vient de très loin et témoigne du premier jour après le big-bang. Car rien ne l'a souillée, et rien ne la souillera tant qu'elle restera inaccessible aux hommes.

Les prairies

Sillonnées de ruisseaux, elles s'étendent
dans la grande plaine de mon enfance, et j'y
reviens souvent. Surtout l'été, quand elles
sont lourdes de foin, de graminées hautes de
plus d'un mètre, que les tracteurs et les chars
y creusent des sillons d'où s'envolent, affolés,
faisans et tourterelles. La chaleur ondule au-
dessus jusqu'au soir, dans un silence que les
faneurs ne troublent qu'à peine, accablés
qu'ils sont de sueur et de fatigue.

Une fois le foin coupé, elles s'apaisent
enfin, s'allongent au soleil, comme des serpents qui muent. Désertées, elles n'abritent
plus que quelques pêcheurs qui longent les
rives des ruisseaux, dont l'eau fraîche sur-
prend, murmure des rêves pleins d'ombre et
de secrets. Elles attendent la nuit pour se
remettre à vivre, exhalant un parfum de rosée
qui pénètre jusque dans le cœur des granges.
Certaines sont bâties en pierre, d'autres en
bois, mais toutes sont couvertes de tôles blanches qui laissent passer la lumière du ciel.

A l'intérieur, les pailles des anciens troupeaux sentent fort. Leur odeur se mêle à celle du foin et stagne sur la plaine en une couche épaisse que rien ne peut troubler : ni le vent de nuit, ni la pluie qui mettra des jours à la dissiper.

Il faut avoir dormi dans ces granges au milieu des prairies pour comprendre combien elles recèlent de mémoire et de mystère. Combien, pendant les nuits d'août, elles accroissent le sentiment de présence au monde – au cœur du monde exactement. Je les ai beaucoup fréquentées au temps de mon adolescence, de nuit comme de jour. Je les connais toutes, et toutes contiennent quelques-uns de mes souvenirs. J'en vois aujourd'hui certaines qui se délabrent, dont les toitures ont souffert des intempéries, d'autres que le temps a vaincues : seuls gisent des débris que recouvriront les herbes neuves du prochain printemps.

Les prairies, elles, demeurent les mêmes, leurs limites aussi, car les parcelles évoluent peu. On ne vend pas la terre, même si on a du mal à s'en occuper. On la loue à un fermier voisin, qui continue de couper les foins, de les rentrer, moyennant un loyer dérisoire. Et au printemps suivant, de nouveau, les prairies engraissent, se gorgent de soleil et d'eau, se couvrent d'herbe si épaisse que l'on renonce à les traverser. Seule la faucheuse tracera un chemin dans cette pelisse verte qui tarde à s'ouvrir, se bat contre la lame, et ne s'incline qu'à regret.

Elles ont tant de forces que l'automne les verra reverdir jusqu'à ce que la lame d'acier des faucheuses vienne à bout du regain. Jamais un mot n'a évoqué avec tant de justesse le retour de la vie. Quelle leçon que cette deuxième pousse, ce courage après la défaite de juin, que je ne constate jamais sans un serrement de cœur ! Depuis la rive d'un ruisseau, assis à l'ombre, quand j'assiste à ce combat inégal, je me console en pensant au printemps qui fera reverdir l'immense plaine.

Je n'abandonne pas mes prairies pendant l'hiver. Je les traverse à pied, lentement, précautionneusement, sachant qu'elles abritent toutes sortes de gibier d'eau : sarcelles, bécassines, poules d'eau, cols-verts, et, en janvier, s'il fait très froid, des vols de vanneaux qui se confondent étrangement avec la neige. Je ne les chasse pas. Je me contente de les surprendre, afin de vérifier que les prairies demeurent vivantes, que la vie s'est cachée mais qu'elle est toujours là. Cela suffit à mon bonheur. Je sais que je pourrai l'été prochain aller m'asseoir le long de l'ombre des ruisseaux pour jouir de la paix des foins coupés. Dans les prairies écrasées de chaleur, je

retrouverai les antiques parfums qui évoque-
ront les gestes de jadis, le temps où les
hommes dormaient dans les granges, abrutis
de fatigue, du soleil plein les yeux.

Les sons

L'un d'eux me poursuit, souvent, la nuit, au fond de mon sommeil. Celui de la forge du maréchal-ferrant qui rythmait le silence des longs après-midi d'école. Un son clair, haut perché, joyeux, qui accentuait l'immensité de ces heures et les rendait inoubliables, à jamais livrées.

D'autres me rattrapent, parfois, sans que j'y prenne garde : celui du lait giclant dans la cantine quand ma grand-mère trayait les vaches, ou celui des sabots du petit âne livrant les colis de la gare les jeudis matin quand, éveillé, j'écoutais murmurer la maison, peu pressé de me lever, certain que la journée m'apporterait tout ce que j'en espérais.

Ces sons-là, je les emporterai avec moi de l'autre côté du monde. Je le sais. J'en suis sûr. Ils ont aujourd'hui disparu mais je les entends encore, et ils me submergent d'une vague qui me roule vers un endroit où le temps n'existe pas, où rien ne disparaît, où tout est conservé, pour toujours. C'est un viatique sur lequel je compte, même si sa véritable signification m'échappe parfois. Qu'importe ! Je sais qu'ils vont surgir au moment où je m'y attendrai le moins et me feront accéder à un bonheur magnifique, extraordinaire, qui ne durera pas, certes, mais qui, l'espace d'un instant, m'aura rendu heureux.

A un degré moindre, le bruit du train dans la nuit me renvoie vers les heures de l'enfance. Je n'habitais pas très loin de la gare, et les rares trains de nuit grondaient dans le silence sans que je sorte vraiment du sommeil, accompagnant mes pensées confuses sans l'ombre d'une menace. Il était devenu familier, rassurant, et aujourd'hui encore, quand le vent souffle de l'ouest, il m'arrive d'entendre le roulement des convois avec la même sensation de compagnie fidèle, de vie qui continue, alors que les hommes gisent, confiants, dans leurs rêves secrets.

D'autres sons ont aussi ce pouvoir : le bourdonnement des abeilles dans les tilleuls, celui des mouches engluées dans la chaleur de l'été, le chant des coqs dans le lointain, celui du vent dans les branches de l'arbre le plus proche, et un autre, que je n'entends plus et que je cherche, vainement, à la campagne : celui des machines qui sciaient le bois dès l'aube, et dont le miaulement montait vers l'aigu puis diminuait à mesure que la lame parvenait au terme de sa course. Dès que j'étais levé, je courais vers les hommes au travail et je regardais couler la sciure sous la machine dont la plainte m'avait réveillé. Celle des tronçonneuses d'aujourd'hui ne lui ressemble pas assez pour que je ressente aussi bien l'éveil des matins d'automne, quand les campagnes se préparaient à l'hiver, aux premiers froids. Il n'y a plus de scierie, ou elles sont si bien cachées que je ne les entends plus. Seule la sciure, sous les tronçonneuses, témoigne encore d'un son unique qui s'est tu.

Heureusement, d'autres survivent, particulièrement celui des cloches des églises. Enfant, à l'époque de Noël, j'attendais les matines, que ma mère me signalait en souriant, levant sa main droite, l'index dressé, comme pour un sortilège. « Ecoute ! Les matines ! » disait-elle, comme si ce mot possédait un pouvoir d'enchantement sublime, et je voyais danser dans ses yeux des étoiles d'or. Passé Noël, les cloches ne se taisaient pas pour autant : elles continuaient d'appeler les fidèles aux offices, se déchaînaient à l'approche des orages qu'elles étaient censées éloigner, célébraient Pâques, les fêtes religieuses avec une solennité, une allégresse que je retrouve, si longtemps après, avec le même plaisir. Voilà au moins un son familier qui a su résister au temps.

Le clocher de l'église que j'aperçois depuis le sommet du causse sonne les heures. Chaque fois que je l'entends, je pense que c'est lui qui a sonné le tocsin en 1914, que mon grand-père et ma grand-mère ont entendu, sans comprendre dans quelle folie ils allaient sombrer, alors qu'ils n'avaient pas vingt ans. Dans la ville où je vis, j'attends Pâques et Noël avec impatience pour entendre ces cloches de la chrétienté qui témoignent dans un monde dangereux d'une présence qui a défié les ans. Elles dominent aisément le ronronnement des voitures sur les boulevards, évoquent une certaine paix rurale qui a disparu. Vestiges d'un temps aboli, elles prolongent en moi une certaine idée du bonheur.

Tout comme le chant des oiseaux dans mon jardin. On dit que les oiseaux ont déserté les campagnes, à cause des pesticides, pour s'installer en ville. Je le crois volontiers, surtout au printemps, quand les mésanges, les merles, les pinsons rivalisent de chants sous le couvert des feuilles nouvelles. J'en connais chaque trille, chaque modulation, et je sais à qui ils appartiennent. Ils me renvoient à l'époque où je courais les chemins, ma fronde à la main, vers des prés et des champs où chaque branche portait son nid.

Je ne saurais oublier, enfin, le chant des grillons des nuits d'été. Celui-là aussi est resté le même. De juin à septembre, il accompagne les soirs d'une paix si heureuse que je laisse la fenêtre grande ouverte pour l'emporter dans mon sommeil. C'est le chant de la terre éternelle, celui d'un apaisement si profond, si total que j'oublie tout des soucis, des épreuves, persuadé qu'en lui vibrent des vérités plus grandes que nos vies.

Les saisons

L'automne reste pour moi la saison des hirondelles sur les fils. Je les revois aux premiers froids, serrées les unes contre les autres, patientes dans leur rassemblement touchant, silencieuses, le plus souvent, dans le brouillard du matin. Une sorte de mélancolie émanait d'elles, celle de l'été enfui, des départs quotidiens pour l'école. Ces rassemblements duraient huit jours, puis elles étaient de moins en moins nombreuses, et un matin il n'y en avait plus. Elles étaient parties vers des cieux inconnus. Les feuilles tombaient en leur absence. Après avoir viré du vert à l'or puis à la rouille, elles tourbillonnaient dans le vent, formaient des tapis que mes pieds dispersaient, et les branches des arbres retrouvaient peu à peu leur noirceur qui semblait avoir été dessinée à l'encre de Chine.

Mais l'automne, c'était aussi souvent de grands remuements de nuages au ventre d'ardoise, des pluies qui ressemblaient à d'autres pluies ou, un matin, des frises de gel sur les talus. Le soleil avait perdu de sa superbe. Sa lumière, subitement ternie, assombrissait plus qu'elle ne l'éclairait un monde plein de barriques et d'alcools chauds, des après-midi lourds et sombres qui pétrifiaient dès cinq heures du soir.

Bientôt venait l'hiver, pieds nus, le long des chemins. Il surgissait un matin, blanc de gel, poussé par le vent du nord. Comme aujourd'hui, comme toujours, depuis toujours. C'est dans la nuit que tout se passe : la lumière des étoiles durcit, une cloche de verre se forme sous le ciel, le froid s'abat sur la terre qu'il enserre dans sa main de fer. La neige tarde parfois, mais février la rappelle à ses devoirs.

Je me souviens d'hivers de fortes eaux, que le gel avait glacées dans les prés et qui nous servaient de patinoire. Je me souviens aussi des grands froids de l'année 1956, de leur température polaire, d'un air transparent qui griffait la peau, des oiseaux morts sur les chemins, des branches des arbres qui craquaient dans la nuit, déchirant le silence interminablement, du temps suspendu, des routes désertes, comme si les hommes subitement, étonnés d'être vivants, guettaient des signes.

Un hiver des années quatre-vingt lui a ressemblé. Moins vingt degrés, ou presque. Il fallut protéger les tuyauteries à l'intérieur des maisons, marcher avec des après-skis pour ne pas glisser sur la neige gelée. Quel bonheur ! Le monde était enfin pris en considération. Ses manifestations retrouvaient la place qu'elles auraient toujours dû occuper, c'est-à-dire la première. Les gestes des hommes étaient retenus, figés par le froid, et les secondes s'étaient arrêtées de couler. Une nouvelle ère s'ouvrait, où seul le feu autorisait la vie, et l'on n'était plus certain de savoir ce dont demain serait fait. Vite, que reviennent ces hivers-là, frissonnant de glace et de gel, leurs arabesques sur les vitres, leur ciel de verre, leur vent féroce et la sensation délicieuse de refuge qu'ils dispensent à l'entrée des maisons !

Ces hivers-là, le vent du printemps tarde à les chasser. Ils durent parfois jusqu'en avril ou en mai, mais ils peuvent se briser en une nuit, au premier vent du sud. Alors la terre se réchauffe et l'herbe s'ameublit. Très vite les premières fleurs éclosent puis les bourgeons s'ouvrent, criblant de pointes vertes les arbres qui se balancent. Il faut peu de temps à la terre pour se gonfler d'une opulence qui la rend grosse comme une femme sur le point de mettre au monde son enfant. Elle rayonne d'une beauté que le mois d'août, seul, ternira. Surtout si la canicule s'installe, écrasant les hommes et les arbres, laissant couler le plomb fondu d'un soleil que rien ne voile.

J'aime les longs après-midi d'été, dans l'ombre fraîche des murs épais, quand tout se tait, même les coqs, que rien ne bouge, que les vagues de l'air ondulent comme des serpents monstrueux, que le temps n'est plus qu'attente du soir. Je garde le souvenir précis d'interminables attentes, lorsque j'étais enfant, à l'heure de la sieste. Ne pouvant demeurer dans ma chambre, je m'asseyais à l'ombre, tentais de lire, mais l'air épais cassait entre mes doigts, une heure durait une année, et je désespérais de voir le monde se remettre en route.

Des orages superbes et terrifiants roulaient leurs tambours pendant des nuits entières. Je n'en avais pas peur, et pas davantage aujourd'hui. Au contraire : eux aussi me rendent précieux l'abri des maisons, me rappellent la primauté du monde sur les hommes et insinuent en moi la pensée confuse d'un danger séculaire. Les éclairs ouvrent des routes dans le ciel, le relient à la terre, et je me dis qu'enfin ils ne font qu'un, ce que je crois profondément. Les hommes retrouvent leur vraie place, qui n'est pas la première. En s'éloignant, l'orage rappelle de loin en loin cette vérité : n'oubliez pas que cette terre qui vous porte pourrait très bien se passer de

vous. Vous n'en êtes que les locataires pro-
visoires. Fragiles et mortels, vous ne serez
jamais heureux que du souvenir du bonheur.

Les chemins

L'idée du bonheur est souvent associée en moi au départ d'un chemin de terre entre deux haies fleuries d'églantiers. Deux ornières sans herbe témoignent encore du passage des chars, le couloir central montre le même vert que celui de la haie, les oiseaux s'enfuient en entendant mon pas. Mon bonheur est plus grand s'il s'agit d'un chemin inconnu. Je ne sais où il va me mener. Peut-être dans un champ. Peut-être dans un bois. Ou dans un hameau perdu. J'aime ceux qui séparent deux champs, qui filent en ligne droite à la hauteur de la terre travaillée, seulement escortés par quelques fleurs éparses.

Il en est deux que j'emprunte fréquemment. L'un, sur le causse, n'exhibe que sa terre blanche et ses cailloux. Il descend prudemment entre des bois de chênes vers des fonds et des combes perdus. Il ne rencontre nulle maison pendant cinq kilomètres. Il sent bon le chêne et la mousse cuite par le soleil. En bas, au plus profond des bois, il débouche sur des garennes dont les lisières se parent d'une ombre miraculeuse. Elles laissent passer les éclairs fauves des biches. Je m'y assois quelques instants, dans la grâce d'un silence qui m'incline à me croire seul au monde, perdu pour toujours. Je ressens la conviction qu'il suffirait que je m'endorme pour ne plus me réveiller. Personne ne me retrouverait. Qui, en effet, aurait l'idée de me chercher au fond de ces combes où la vie s'amenuise et se perd comme une source trop faible dans une herbe trop haute ? J'hésite à me relever. Il fait trop bon dans ces lisières, sur cette mousse, dans ce silence un peu bleuté qui me fait respirer moins vite, juste ce qu'il faut pour me sentir vivant. Le temps est d'une épaisseur qui le fige mieux que nulle part ailleurs. Je peux le prendre dans mes mains, le retenir, le garder ou le laisser couler à ma guise. Là, je disparais, me retire du monde des vivants, un poids énorme pèse sur mes épaules, et j'ai beaucoup de mal à repartir.

Je peux rester deux heures allongé ainsi dans l'ombre de la lisière, mes pensées dirigées vers la frontière d'un état mental qui se situe entre le sommeil et la mort. J'erre dans ces confins pendant de longues minutes, hésitant entre un apaisement total et la légère angoisse qui sourd à l'approche d'un conti-

nent inconnu. Et puis l'ombre fraîchit, le cri
d'un oiseau me réveille et lentement, péniblement, je regagne le chemin qui remonte vers
la vie. Il longe des ruines de vieilles cazelles,
des garennes définitivement closes sur un
étrange silence, s'infiltre entre les bois que
réchauffent les derniers rayons du soleil.
Enfin, la route. Elle me paraît étrangère, mais
je la suis, car je sais qu'il ne faut pas que je
m'attarde trop longtemps là-bas. Je me hâte
vers la voiture et regagne la compagnie des
hommes, pas tout à fait persuadé de leur
ressembler.

Le deuxième de mes chemins favoris longe
la rivière, sans se presser. Au contraire, il se
prélasse au soleil, comme s'il était certain de
trouver la fraîcheur à laquelle il aspire. Il sent
l'eau, le sable, les genêts dont les pépites d'or
crépitent dans le soleil. Après avoir traversé
les prairies, il entre dans des sous-bois où
l'ombre charrie des odeurs d'écorce et de
limon, puis il débouche sur une plage de
galets, au bout de laquelle l'eau verte se bat,
sur la rive opposée, contre une falaise. Après
l'ombre, la lumière du ciel éclate au-dessus
des flots. Et c'est un murmure d'eaux
joyeuses le long des rochers gris ; nulle présence humaine, la conviction que le monde,
il y a longtemps, c'était cela.

Les chemins qui escortent les rivières ne

ressemblent pas aux autres : souples sous le pied, ils chantent, ne s'égarent jamais. Ce sont les chemins de la douceur de vivre. D'autres sont plus secrets, plus farouches, et ne se laissent pas si facilement apprivoiser. Ils n'ont rien en commun avec les chemins de grande randonnée d'aujourd'hui, qui sèment des signes cabalistiques sur les arbres et mènent toujours quelque part : un village, un hameau soigneusement recensé sur une carte. C'est pourquoi je les fréquente peu. Ceux que je recherche, moi, ce sont les chemins dont je ne connais pas la destination, et qui me livrent la surprise d'une cabane, me font présent d'une ruine, d'un hameau, à l'extrémité de mystérieux lacets. Principalement au cœur des forêts.

Quittant la sente principale, j'emprunte le chemin de traverse qui s'enfonce dans une lourde obscurité. Je ne m'étonnerais pas d'y croiser un cavalier du Moyen Age, un défricheur de l'an mille, un homme sauvage qui ne saurait pas parler. Je m'y perds et, retenant mon souffle, je pousse toutes les portes des ruines que je rencontre. Qu'est-ce qui s'est perdu là ? Quelle petite vie secrète, dérisoire, têtue ? Quelques bûches à demi calcinées témoignent d'un foyer qui a réchauffé des mains et des corps. Dans quelle ultime nécessité ? Et pourquoi la vie, ici, s'est-elle éteinte ?

L'un de mes plus grands plaisirs est de jouer à me perdre. Si bien qu'à force de jouer, il m'arrive de me perdre vraiment. Sensation délicieuse, à nulle autre pareille, qui me porte à croire que tout est possible, que j'ai changé d'époque, que je vais aborder dans un autre siècle, rencontrer d'autres hommes que ceux que j'ai l'habitude de fréquenter. La sensation aussi que j'ai découvert le chemin de l'autre monde, celui d'où nous venons tous et dont nous avons perdu la clef, presque le souvenir. Comme dans cette histoire que j'ai lue dans un livre où un homme raconte avoir, dans ses rêves, changé de galaxie et aperçu, en y arrivant, la maison de ses grands-parents.

C'est bien cet autre monde que je cherche, celui dont la mémoire ne s'est jamais vraiment éteinte en nous, et dont les images fugitives surgissent parfois, au détour d'une route ou d'une pensée. A deux ou trois occasions, j'ai eu la conviction de l'avoir frôlé. Non pas de l'avoir découvert, mais d'être passé très près, si près qu'un vent inconnu a soufflé sur mes tempes, et que mon cœur s'est arrêté de battre. Depuis, je le cherche inlassablement. Chaque chemin m'appelle, me retient, me fait espérer d'y accéder enfin. Je crois que je finirai par le trouver : ce jour-là je ne marcherai plus dans l'espace mais dans ma vie. Je réaliserai la merveilleuse vision de T.S. Eliot : « Le terme de nos pérégrinations sera d'arriver d'où nous partîmes, et pour la première fois d'en connaître le lieu. »

Le ciel

Je l'aime bleu, du bleu de l'enfance, du bleu de la paix, du bleu de l'été, d'un bleu qui est celui des six heures du soir, au mois de juin, quand les femmes chantaient dans les lavoirs. Je le retrouve encore dans le hameau du causse où ce bleu teinte l'or pâle des pierres d'une lueur plus chaude, et donne à l'ombre des murs une épaisseur qui réchauffe le cœur et l'esprit. A cette heure-là, les premiers rapaces osent affronter de nouveau l'éclat formidable du soleil. De fins nuages s'étirent en écharpes fragiles pour mieux le souligner. On dirait les traces passagères d'un fleuve de lait. Tout y est douceur, rien ne le souille ; c'est lui, sans doute, qui a offert aux hommes l'idée du paradis.

Au printemps et à l'automne, j'ai vu des ciels jaunes, d'un jaune clair, léger comme le bleu, qui rendaient l'approche de la nuit plus sereine, faisaient espérer des lendemains meilleurs. Parfois aussi des ciels entre le rose et le jaune, avec de grandes vagues qui luttaient contre l'ombre de la nuit. C'était au mois d'août, le plus souvent, au terme de belles journées de soleil, quand on devine dans l'air une fêlure, que la saison a déjà basculé vers moins de lumière, vers l'automne à venir.

J'ai vu des ciels orangés qui viraient au rouge sang sur la ligne d'horizon : ce sont ceux des crépuscules, des regrets, des questions. Celles de Baudelaire, par exemple : « Où sont nos morts ? Pourquoi sommes-nous ici ? Venons-nous de quelque part ? » D'autres auxquelles personne n'a jamais répondu et ne répondra jamais : pourquoi tant de beauté inutile ? Qu'est-ce qui se joue là-bas, à notre insu ? La nuit les assombrit au fur et à mesure qu'elle descend sur la terre, les faisant virer vers des violets, des bronzes, des bleus plombés qu'elle effacera bientôt d'une main gantée de noir. Mais les questions demeurent. Heureusement, les hommes dorment.

Le ciel des matins puise dans la montée du soleil des couleurs claires mais chaudes : ses roses ne sont pas ceux des soirs. Ils ont quelque chose de plus neuf, d'un espoir nouveau, fragile. Ils ne présagent en rien ce que sera le temps à venir. Ils se contentent d'accompagner la lumière du jour, rougissent à mesure que monte le soleil, puis s'éteignent d'un coup, quand la chaleur s'installe, comme si leur mission était achevée.

Le ciel des orages charrie des troupeaux fous qui se bousculent dans une noirceur dont les tons varient selon la pluie qu'elle annonce : un noir vitreux, presque gris, porte la grêle ; un noir d'encre la pluie têtue qui durera une partie de la nuit ; un noir d'ardoise l'orage bref qui s'abattra violemment sur la terre et s'éloignera aussi vite qu'il est apparu.

Le ciel qui annonce la neige n'est pas toujours gris. La veille des premières chutes, il peut prendre la teinte d'un rouge cuivré que la nuit éteindra à peine. Ce n'est qu'au matin qu'il apparaîtra de ce gris vitrifié mais lourd qui finira par s'ouvrir pour laisser couler les premiers flocons blancs. Il comblera les brèches occasionnées par les chutes et reformera très vite l'immense plage grise qui court d'un horizon à l'autre. C'est un ciel fermé, bouché, qui ne s'épuise pas facilement. Même le vent ne peut rien contre lui.

Le ciel est la patrie des nuages. Il en est qui ressemblent aux hommes, capables de se battre mais aussi de s'aimer. Quelquefois, ils s'égarent dans cette immensité. Surtout l'été : il y en a un souvent tout seul là-haut, dans le bleu de gentiane. Immobile, il ne sait plus que faire ni où aller. C'est un enfant perdu.

Les cirrus, eux, représentent des adolescents fragiles, ou des femmes dont les longues robes s'étendent dans le bleu pour mieux sécher. Les strato-cumulus sont des guerriers dont on a tout à redouter. Le ciel a bien du mal à faire régner la paix dans son pays. Il vient sur l'horizon prendre conseil de la terre. Quelquefois il s'allonge sur elle et de ces amours-là naissent les printemps. De leurs disputes éclosent les orages, de leur idylle la soie des bleus et des roses. Les hommes les regardent sans bien les comprendre. Ils savent pourtant qu'ils sont liés. Preuve en est qu'ils ont situé le paradis dans le ciel, mais ils enterrent leurs morts.

Regardez souvent le ciel. L'été, allongez-vous sur la terre, face à lui, fermez les yeux, puis rouvrez-les brusquement. Alors vous aurez l'impression de voguer parmi les galaxies et prendrez conscience de la vraie dimension de la terre qui vous porte : une petite boule bleue dans une immensité infinie. De quoi rendre aux hommes l'humilité qui leur fait défaut. De quoi, aussi, rêver à d'autres lieux, d'autres plages vers lesquelles nous appareillerons un jour. Notre esprit ne possède-t-il pas les caractéristiques de la lumière ? A trois cents kilomètres-seconde, nous traverserons le bleu jusqu'à cette contrée familière d'où nous venons, et nous reconnaîtrons le lieu d'où nous sommes partis un matin pour une aventure qui s'est achevée dans les larmes et dans la douleur. Alors seulement, nous saurons pourquoi.

Les jardins

Ce sont des lieux de paix, des lieux secrets et enchantés. Il en existe encore, dans les villages, qui témoignent d'une économie familière, laborieuse, car ils aident à vivre ceux dont les ressources ne sont pas suffisantes. C'était aussi le cas, autrefois ; chaque famille ou presque avait le sien.

Ils étaient enclos d'une palissade en claire-voie, aux piquets de bois fins reliés par du fil de fer, et d'un portail que l'on attachait au moyen d'une boucle à un poteau de châtaignier. Des haies vives les bordaient, pleines de nids d'oiseaux, que les épouvantails n'effrayaient guère. J'y allais avec mon père ou mon grand-père comme l'on se rend à une fête. Et pourtant le travail n'était pas facile, dans les rangs de pommes de terre d'où surgissaient d'affreuses courtilières, des petits pois ou des haricots verts dont le ramassage durait des jours – plutôt des soirées entières.

C'était surtout en fin d'après-midi que l'on allait au jardin, passé la plus grosse chaleur,

dans l'ombre naissante des arbres fruitiers
– cerisiers ou pruniers envahis de guêpes –,
dans l'odeur puissante des fruits chauds, des
légumes gorgés de soleil. Tomates et salades
complétaient les carrés soigneusement entre-
tenus, et souvent, aussi, l'oseille que je
mangeais crue jusqu'à la nausée – jusqu'à ce
que je ne puisse plus déglutir tant ma bouche
était brûlée par une tiède acidité. Quelques
rangs de fraises, de radis ou de melons
délimitaient l'ensemble qu'il fallait arroser
patiemment, à la saison chaude, depuis deux
grandes lessiveuses qui avaient recueilli l'eau
du ciel, avec des arrosoirs dont la pomme
fuyait.

Le soleil déclinait, allongeant les ombres.
Une odeur de terre humide montait, rafraî-
chissait l'air, en exaspérait les parfums des
légumes et des fruits. Elle envahissait le
village, se mêlait à celle des cuisines qui
s'échappait par les fenêtres ouvertes, elle-
même rehaussée par celles des troupeaux qui
regagnaient lentement les étables en laissant
derrière eux les traces de leurs festins du
jour. Des femmes rentraient, un panier plein
à chaque bras, heureuses de ces légumes
qui nourrissaient la maisonnée, laissant les
hommes s'attarder au jardin, biner les rangs
pour les aérer, les préparer à l'eau.

Ces jardins existent toujours, et je m'en

approche souvent, surtout l'été, pour redécouvrir la patience économe de ceux que les
légumes rassurent, les odeurs de terre arrosée,
les paniers pleins de tomates et de melons,
les outils bien rangés dans la cabane au toit
de tôle. Ils témoignent encore, et j'espère
pour longtemps, de cette civilisation de la
patience et de la parcimonie, de gestes nécessaires mais heureux, du plaisir de voir surgir
les fruits d'un travail séculaire, de l'ombre
fraîche, des paniers d'osier, de la paix des
soirs.

Je ne cultive pas de jardin, mais je le
regrette. Certains jours, je m'arrête volontiers
dans l'un dont je connais le propriétaire. Je
m'assois sur le petit banc, à l'ombre de la
cabane, pour respirer le parfum des feuilles
et des fruits, et je ferme les yeux en songeant
à ceux qui, après une journée de travail, partaient au jardin pour que leur famille vive
mieux.

J'aimerais avoir le temps de m'en occuper.
Je les envie, ces hommes qui savent à quel
moment de l'année il faut planter, semer,
récolter. Ils sont encore quelques-uns, le long
des ruisseaux dont l'eau leur sert à arroser,
et c'est heureux. Surtout lorsque quelques
plants de fleurs viennent égayer les allées.
Cette sagesse prudente et économe me rassure, de même que ces mains qui savent tenir

des outils. Leurs manches lisses, que je ne manque pas de saisir dans la cabane, me renvoient aux miens et me donnent la dimension de ce qui, hélas, me sépare d'eux.

De mon père, par exemple, qui, jusque dans sa vieillesse, s'est acharné à tenir son jardin, seul lien qui le rattachait à la vie. Il s'y épuisait, même au plus chaud des jours, au printemps pour bêcher, l'été pour récolter, presque à quatre-vingts ans. Travailler son jardin représentait pour lui la preuve qu'il n'avait pas perdu toutes ses forces, et aussi le souvenir des années de bonheur. Longtemps il avait loué des terres que mon grand-père cultivait, retrouvant lui aussi ses jeunes années. J'ai compris que tout était fini quand mon père a abandonné peu à peu son jardin. D'abord la surface a commencé à diminuer, puis, les derniers mois, il ne cultivait plus qu'un petit carré de salades. Enfin il a posé ses outils, il s'est assis. C'était fini : il avait renoncé.

Le besoin de revenir vers eux me console, dans l'ombre verte, du chemin que j'ai pris, comme beaucoup d'hommes d'aujourd'hui : celui des villes où la vie ne peut plus s'attarder sur ces îlots paisibles. Loin d'eux, pourtant, chaque fois que je mange des légumes, je pense aux paniers d'osier, à la houe, à l'arrosoir percé, à ceux qui se relevaient en portant les mains sur leurs reins, à l'éclat magnifique des yeux de mon père et de mon grand-père, quand ils étaient heureux.

Les champs

J'y accède sans hâte par les chemins de terre qui les longent ou qui les traversent paresseusement. Ces chemins familiers sont aujourd'hui souvent désertés. Ils n'en conservent pas moins les traces des pas et des roues de charrette – des milliers de pas, des milliers de roues qui ont tassé la terre dans la lenteur et l'obstination, ne laissant plus apparaître que des flaques de pluie où se reflètent les nuages.

Dans le Midi le blé se fait rare, du fait qu'il est le plus souvent remplacé par l'orge et l'avoine. Quelle que soit la céréale cultivée, ce n'est pas son opulence de l'été qui me touche le plus, mais les éteules après la moisson. Le cuivre des chaumes de l'orge, par exemple, est d'une beauté émouvante dans le soleil couchant. Il en émane une chaleur, un éclat qui réchauffent le cœur. Ce cuivre orangé se consume dans les soirs comme des braises sur lesquelles se pencheraient les derniers feux du soleil. Il ressemble

aux grands chaudrons rougeoyants dans lesquels les femmes faisaient fondre les fruits à
la saison des confitures.

Au plus haut de leur gloire, le blé comme
l'orge couvrent la terre d'une pelisse couleur
de paille, parfois dorée, parfois plus pâle,
où éclate le rouge vif des coquelicots. Dans
l'orge, quelques graminées jaunes ou bleues
émergent quelquefois. Ces tapis ondulent
sous le vent avec une souplesse féline, et leur
houle semble s'échouer contre les routes
comme des vagues sur une plage. Ils sentent
la farine et le pain, le chaud de l'été, la paille
des moissons, les greniers à grains, la terre
sèche, le four des boulangers. Ils abritent des
nichées de cailles et de perdrix dont on aperçoit parfois les parents inquiets dans les
lisières, le long des haies. Ils demeurent sans
cesse animés d'une vie qui vient de loin, du
temps où les hommes cuisaient des galettes
dans des foyers dé terre. Ils représentent la
permanence et l'espoir. Je ne les regarde
jamais sans penser aux fêtes des moissons, à
celle de la gerbebaude, aux grains qui cou-
laient des machines fumantes dans un
vacarme de balles et de paille, en plein cœur
de l'été.

Aujourd'hui on trouve de plus en plus de
champs de maïs. On les traverse aisément
sans les abîmer : il suffit de se glisser dans

une rangée entre les pieds qui sont assez espacés pour livrer le passage. Je m'y aventure volontiers quand ils sont dans leur gloire, pour couper court et gagner la rivière. Je m'arrête toujours au milieu pour les écouter. Car les maïs chuchotent, murmurent, délivrent des secrets. Même la nuit, sous la lune, ils ne cessent de commenter ce qui se passe autour d'eux et ce dont demain sera fait. En plein après-midi, leur ombre d'église verte est d'une agréable fraîcheur. Je m'allonge sur la terre chaude entre les plus hauts pieds, et je les écoute : ils parlent du temps qu'il fait, de l'eau qui manque, et ils parlent des hommes. Ils n'en ont pas très bonne opinion : ils les jugent distants, pas assez soigneux des lisières, et redoutables par leurs engrais. Ils prétendent que la chimie les a changés, qu'ils ne ressemblent plus aux maïs d'hier, et ils en souffrent. Je les console comme je peux (en leur avouant que la chimie a changé aussi nos vies) et je soupèse leurs épis dont les grains, d'un jaune tendre, ont besoin de mûrir. J'en arrache la barbe : ces filaments soyeux que les vieux faisaient bouillir en infusion car ils sont diurétiques, et qui, lorsque j'étais enfant, servaient à nous harnacher de moustaches factices.

La douce blondeur des maïs se situe à la hauteur exacte de la douceur de leur murmure. Ils savent ce qui les attend, mais ils ne se plaignent pas. A peine si, au début de l'automne, ils frémissent en voyant s'avancer ces machines modernes qui ressemblent à des courtilières géantes et qui vont les dévaster en moins d'une demi-journée. J'ai assisté une fois à cette hécatombe mais je n'y assisterai plus jamais. La main de l'homme, dans sa cruauté, montrait moins de monstrueuse froideur.

Le vert des champs de tabac, en Dordogne, se marie agréablement avec celui des châtaigniers. Ce sont des champs touffus, épais, dans lesquels on ne pénètre pas. Ils alternent avec des prairies, des noyeraies, des peupleraies qui, dans le Bergeracois, laissent apparaître la vigne. Dans les séchoirs ouverts à tous les vents, leurs grandes et larges feuilles brunissent peu à peu, délivrant un parfum lourd, sec, qui stagne sur les vallées avant que les manoques ne soient livrées dans les manufactures. Ce sont des champs de terre riche, de vallées fécondes et douces, qu'irriguent des rivières et des ruisseaux à l'eau cristalline.

Au contraire, les champs de blé noir surgissent toujours d'un coteau de montagne, bien à l'abri du vent. Les champs de seigle aussi, dont la survivance m'étonne et me ravit à la fois. Ils évoquent pour moi les crêpes de la haute Corrèze, le pain épais avec lequel on préparait des soupes rustiques, la vie difficile des plateaux, des terres rudes où le courage et la force étaient nécessaires à la survie. Et ce qui me réjouit, c'est de trouver facilement, en ville, du pain de seigle dans les restaurants de fruits de mer. Dès la première bouchée, je rejoins le temps où, à quatre heures, je recevais une tartine de ce pain noir, serré, sur laquelle une main attentive avait répandu du fromage blanc, délicieusement sucré.

J'aime les labours de l'automne, les grands lambeaux de terre charruée, d'un marron gras et luisant, qui forment de profonds sillons dominés par des lèvres épaisses qui parlent : elles racontent leur patience infinie, le sommeil de l'hiver et l'essor du printemps. Elles disent leur acceptation de la blessure, des grains qui vont tomber, de la force souterraine qui viendra éclore à la surface, comme chaque année depuis que les hommes ont inventé le labour. Derrière les tracteurs se rassembleront les passereaux. Il faudra un nouvel automne pour qu'elle s'ouvre de nouveau sous un soc qui la fécondera.

Cette terre, sur le causse, dans les combes, est d'un marron très foncé, parsemée de petites pierres jaunâtres qui l'éclairent et la rendent paisible, heureuse d'offrir aux hommes ce qu'ils lui demandent. La herse ne

la contrarie pas : elle s'étire avec des grâces
de chatte, murmure en appelant la pluie. Dès
que les graines germent, elle soupire d'aise,
nue, gonflée d'orgueil et de vie. Puis elle
verdit, se couvre d'épis, ronronne sous le
soleil, et attend sans impatience de livrer sa
richesse. Alors, épuisée mais satisfaite, elle
se rendort, confiante dans un pouvoir qu'aucun homme, jamais, ne lui disputera.

Les fleurs sauvages

J'aime m'allonger, disparaître dans les herbes et les fleurs au sommet de leur gloire. Perdu au milieu des prés, seul au monde, j'observe les inflorescences étoilées des grandes berces, finement ciselées, à travers lesquelles s'infiltre la lumière. Je mâche leur tige cannelée, anguleuse, sucrée, dont le parfum me rappelle qu'il fut un temps où j'étais un enfant insouciant, capable de m'endormir dans les prairies.

Ces grandes berces côtoient les achillées millefeuilles et les carottes sauvages dont les ombelles se ressemblent étrangement. Qui sait que nos carottes cultivées sont directement issues, par sélection, de ces ombellifères à la racine sucrée, grâce à laquelle, jadis, on soignait des maladies ? Je l'ignorais, et pourtant le goût de ces racines aurait dû me l'enseigner.

Toutes trois sont d'un blanc laiteux qui contraste, par exemple, avec les lotiers jaunes, aux fleurs en forme de gousses, ou avec les centaurées dont les fleurs, d'un beau mauve rosé, poussent aussi au bord des chemins. Quelques pâquerettes, dont le cœur jaune d'or se détache par plaques, offraient leurs pétales fragiles à des comptines naïves aujourd'hui oubliées : « Je t'aime, un peu, beaucoup, passionnément, à la folie, point du tout. » Oui, on peut aimer passionnément, à la folie les plus petites choses : par exemple ces fleurs qui évoquent les étoiles du ciel, l'infiniment grand rejoignant l'infiniment petit.

Les fleurs des champs sont d'une autre nature : de couleur plus violente, pour la bonne raison qu'elles ont dû lutter davantage pour naître. Quoi de plus beau que des coquelicots dans les blés ? Ce rouge vif dans la blondeur des épis trahit des blessures secrètes. Peut-être les blessures d'une vie à laquelle nous n'avons pas accès, mais qui, pourtant, ressemble à la nôtre. Les bleuets, souvent violacés, qui essaiment au milieu des épis font éclater le violet rosé de leurs fleurs avec la même violence. Ils poussent rarement dans les champs où fleurissent les coquelicots. Il m'arrive de rêver à une rencontre de ces deux couleurs dans le jaune clair des épis. Van Gogh en aurait fait son bonheur. Comme, peut-être, de ces matricaires d'or, aux ligules blanches, qui poussent près des cultures, ou de ces onagres rougissantes qui éclaboussent les talus de grosses fleurs, douces comme un duvet de pigeon.

Au bord des chemins, je me penche volontiers sur le pourpre des chardons qui s'accrochent si bien aux vêtements et que nous jetions, enfants, dans la cour de l'école, sur les sarraus ou les blouses auxquels ils se fixaient sans bruit. Les violettes des chiens, aux fleurs bleu cendré à violet pâle, succèdent aux pâquerettes, aux mauves, aux brunelles, aux bourraches, aux renoncules et aux millepertuis dont les fleurs d'un jaune tendre sont ponctuées de noir. Ce sont ces fleurs que je préfère : celles qui vous accompagnent fidèlement sans rien demander en retour, simplement pour rendre le monde plus beau, plus accueillant. Elles colonisent des terres le plus souvent sèches et pierreuses. Elles n'en attendent rien, mais s'acharnent à montrer la main d'un Dieu consolateur dans leur inutile beauté.

Les fleurs des vallons humides, à l'exemple des potentilles jaunes, des cardamines roses, des campanules bleues et des orchis d'un mauve pourpre soulignent le vert soutenu des herbes qui trouvent suffisamment d'eau pour grandir. Ce sont des fleurs qui aiment la fraîcheur et détestent le soleil. Elles ont le goût du secret, de l'ombre, et conspirent à quelques colonisations des terrains de lisière. Si l'on y prête une oreille attentive, on peut les entendre chuchoter au-dessus de l'eau souterraine qui les abreuve d'une force cachée.

Je ne saurais oublier le pissenlit que des vieilles en tablier noir ramassent encore, à la saison, pour en préparer des salades, et que, pour ma part, je ne mange plus, bien que j'en garde le goût et l'amertume dans la bouche. Ni les grands salsifis, du même jaune éclatant, dont les feuilles, les jeunes pousses et les racines sont comestibles. Ni les genêts, dont j'ai déjà parlé, ni la sauge des prés aux casques violacés. Toutes, y compris celles des friches, concourent à se poser la seule question qui vaille : pourquoi tant de beauté gratuite ? Quelle volonté cachée expriment-elles ? J'aime à penser qu'elles traduisent ce qui ne peut être dit, ou expliqué. Que le monde ne s'arrête pas aux frontières des pauvres considérations humaines. Qu'il y a quelque part, quelque chose ou quelqu'un pour qui la beauté, même éphémère, traduit une essentielle nécessité de la vie. Ce que, sans doute, Ernst Jünger exprimait par ces quelques mots, pour moi riches de sens : « L'éphémère, c'est la transparité. »

Les forêts

J'en connais très bien quatre, au moins, que je fréquente assidûment. Il en est une, sur les hauteurs granitiques du Limousin, qui évoque déjà la montagne : les pins, les sapins et les mélèzes dominent les hêtres et les chênes, dans une froideur sombre qui paralyse, qui inquiète. La vie, là-haut, n'a survécu aux rigueurs du climat que parce qu'elle s'est tapie dans les creux, les lisières. Cette forêt sent la tourbe, les vieilles pluies, le gel et la neige. Je m'y rendais souvent, en automne, à la recherche des cèpes aux têtes noires sous les sapinières, qui n'ont pas, hélas, le parfum ni la saveur des champignons que l'on trouve sous les châtaigniers du Périgord. Ses chemins gris, sur le plateau de Millevaches, semblent ne mener nulle part. C'est la forêt primitive, sans la moindre bienveillance, dont l'ombre épaisse fraîchit dès septembre, et qui a besoin de pluie pour livrer ses parfums. C'est une forêt sans concession, où les hommes sont obligés de se voir tels qu'ils sont. Aujourd'hui, je la fréquente moins, mais je m'y rends quand j'ai besoin de faire le point : elle sait me dire ce qui compte et ce qui n'a pas d'importance, ce qu'il faudrait faire – écrire – pour réapprendre à distinguer le faux du vrai, l'essentiel du superflu.

Les forêts de montagne lui ressemblent. Singulièrement celles du Vercors, que je connais aussi bien. L'humus, les arbres, les fougères sont à peu près les mêmes que ceux du Limousin. Mais en Vercors, je ne me rends qu'en été. Alors leur gloire de verdure les rend plus accueillantes, plus enclines à livrer leurs parfums de résine et d'écorce. Surtout celui de l'écorce des pins et des sapins dont les fûts abattus dorment au soleil dans les clairières. Leur bois légèrement rosé évoque les charpentes futures, les solives, les poutres épaisses des chalets. Leurs sentes, entretenues pour le ski de l'hiver, grimpent et dévalent des ressauts de terrain artificiellement aménagés, et qui gardent les stigmates des froidures passées.

On imagine facilement la neige, les sillons blancs dans les frondaisons, la buée des respirations ardentes, l'éclair fauve des animaux sauvages. Les fleurs, là-haut, deviennent plus hautes : comme si elles devaient jeter en peu de temps plus d'éclat, plus de force – comme si la vie leur était comptée. Les grandes sauges répondent aux orchis mauves ou aux géraniums des bois dont les touffes surgissent majestueusement des mousses épaisses. L'air, dans ces forêts, même en été, ne se débarrasse jamais totalement d'une fraîcheur qui surgit à chaque recoin d'ombre. On y respire mieux que partout ailleurs. Les hommes y sont plus solidaires, plus fraternels. Ils disent bonjour facilement : l'on sent bien que l'on est remonté aux sources de la vie, que la civilisation, ici, s'est réduite à d'essentielles nécessités.

Ce qui est aussi le cas des forêts du Quercy – il faudrait dire plutôt des bois –, qui sont celles que je connais le mieux. Mais ce n'est pas pour les mêmes raisons. Le climat, en Quercy, est aimable, même au cœur de l'hiver. Non, ici, c'est le sol qui est d'une aridité, d'une sécheresse qui ont déteint sur les arbres et sur les hommes. Les chênes nains s'accrochent désespérément à la rocaille, et ne grandissent pas suffisamment. A l'image des hommes, qui sont secs comme les rochers sur lesquels ils vivent et savent tirer parti de tout : de la moindre clairière, du plus petit enclos. Les bois portent une ombre légère, sentent la mousse qui pousse sur l'écorce des chênes, la rocaille chaude, la morille. Des lisières tendres s'inclinent vers des combes en tirant entre les arbres des cordons d'un vert pâle qui brûlent chaque été. Ces courtes futaies du jurassique supérieur ont toujours été accueillantes, jusque dans leurs clairières où dorment des cazelles de pierres sèches et où il fait bon se réfugier lors des orages – il faut bien l'avouer, d'une effrayante violence.

Ce sont ces bois que je fréquente le plus. Des chemins de randonnée les traversent de part en part, maintenant depuis toujours une présence humaine en ces lieux où les arbres n'auraient jamais dû pousser. Et pourtant ils sont là. Parce qu'il y a plus fort que la vie. Il y a dans le monde une nécessité à rendre vivant ce qui n'aurait pas dû l'être. Depuis, sans doute, que les étoiles ont chu sur la Terre et que leur carbone s'est posé où il a pu. Au hasard. On ne choisit pas de vivre. On choisit seulement de rester vivant ou pas.

Les forêts que je préfère, où je me sens le plus heureux, sont celles du Périgord. Elles sont tendres, claires, souples, et les châtaigniers les rendent plus aimables. Une mémoire ancienne, celle de mes ancêtres paternels, vibre en moi. J'ai toujours l'impression, sur les sentes herbues, de les avoir parcourues des milliers de fois, d'avoir toujours connu ce parfum de mousse humide et de champignon qui stagne au cœur des fougères, qui m'emporte vers des années perdues, vers une vie meilleure. Je sais bien que ce n'est pas le cas, que mes ancêtres ne mangeaient pas toujours à leur faim, mais le bonheur, la douceur de la vie, là, peut-être, compensaient les difficultés de l'existence. Du moins, je veux le croire.

Elles s'ouvrent sur des champs d'une grande beauté, se referment aussitôt sur des secrets bien gardés, des collines aux lignes douces, où les chênes, d'une ample noblesse, répondent aux fûts minces des châtaigniers ; où les feuillus dominent encore, n'ont pas cédé aux conifères, comme dans les autres forêts. L'une d'elles m'est plus chère que les autres : c'est la forêt Barrade, celle de Jacquou le Croquant, où chaque fois que j'y pénètre, je sens résonner en moi l'âme de mes aïeux, paysans sans terre, laboureurs ou journaliers, qui la traversaient pour aller travailler. Son ombre, jamais trop froide, demeure tiède, même l'hiver, et les clairières invitent au repos, dans un silence habité seulement par le chant des oiseaux. Un jour, je m'y suis perdu. J'ai erré longtemps, tourné en rond comme il arrive souvent, dans ces cas-là, mais je n'ai jamais été inquiet malgré l'approche de la nuit. J'en suis sorti aux abords d'un château, qui sont nombreux, en Périgord. Ou plutôt un manoir, une ancienne demeure de grands propriétaires fonciers aujourd'hui ruinés. Il y avait un vaste bassin dans l'immense parc, quatre tours rondes qui soutenaient un bâtiment dont les portes à ferrures étaient closes. La forêt chantait tout autour. J'ai entendu sonner le cor des vieilles chasses, j'ai vu vivre les maîtres et les serviteurs de ces lieux désertés, et j'ai trouvé enfin une route, que j'ai suivie sans savoir où elle menait. Je la revois dans mes rêves, souvent. Et je ne suis plus sûr de l'avoir un jour réellement suivie. C'est l'un des sortilèges de la forêt. Elle vous incline à penser que « la réalité est la plus grande illusion de l'humanité ».

Les oiseaux

Je les envie de vivre si haut et si libres. C'est pour moi une très grande joie que de suivre des yeux un vol de grues cendrées à l'entrée de l'hiver. Elles forment un gigantesque V qui ondule mais ne se brise pas, poursuivent une route mystérieuse vers des contrées lointaines que nous ne verrons jamais. J'aime la déchirante beauté de ces vols qui disparaissent à l'horizon mais qui, pourtant, continuent de vivre quelque part. Ils expriment dans leur grandeur sauvage la blessure des regrets.

Quelquefois, quand le brouillard est trop dense, elles se perdent. Je garde le magnifique souvenir d'un vol de grues égarées, une nuit d'hiver. Elles s'étaient posées sur la place de mon village, réveillant par leurs cris à la fois rauques et haut perchés les adultes comme les enfants. Tout le monde était debout. Je les entendais sans les voir, et pourtant elles se trouvaient à moins de trente mètres de ma fenêtre. Elles appelaient leurs sœurs perdues dans le ciel, afin de se regrouper. Elles ne sont reparties qu'au matin, faisant passer aux villageois une nuit blanche, mais une nuit qu'ils ne devaient jamais oublier. Depuis, par temps de brouillard, il m'est arrivé de les entendre, volant très bas, à nouveau égarées, s'appelant pour ne pas abandonner celles qui migrent pour la première fois. J'ai percé le mystère de cette présence fidèle, chaque année, au-dessus de ma tête : les ouvrages spécialisés montrent que leur route se situe un peu à l'ouest du Massif central, en direction de l'Espagne. Désormais, je ne m'en étonne plus. Je les guette, espérant que, par temps de brouillard, elles se poseront dans les jardins, pour peupler la nuit de leur présence sauvage et mystérieuse.

C'est à l'automne que l'on aperçoit le plus de vols dans le ciel : les palombes pour la Saint-Luc, en octobre, les grues cendrées en novembre, donc, et au cœur de l'hiver, avec la neige, ceux des vanneaux. Ce sont de magnifiques oiseaux à huppe, noir et blanc, qui se lèvent à l'approche des hommes avec une grâce un peu hautaine, vaguement moqueuse. Ils se reposent un peu plus loin, seulement effrayés de leur propre multitude, avant de s'éloigner définitivement.

Ces oiseaux de passage ont tendance, sans doute à cause des modifications climatiques, à s'attarder chez nous. Le plus secret d'entre eux est la bécasse. On l'attend, on l'espère, or elle ne voyage pas en groupe mais seule. On ne la voit jamais arriver dans les bois, et pourtant un jour de novembre, elle est là. On parle de « passée » : il y a eu une passée. Comment, pourquoi, nul ne le sait. Des chasseurs en ont vu. C'est cet oiseau qui exprime le mieux le mystère du passage. Au temps où je chassais, j'en ai levé trois ou quatre à la tombée de la nuit. J'ai à peine eu le temps de les apercevoir, ombre fauve dans le soir tombant, vite abritée derrière les chênes. Je les ai tirées. Je les ai manquées, et je m'en félicite. Ces oiseaux fragiles et magnifiques sont dans la mort d'une tristesse infinie. En revanche, dans la vie, leurs yeux d'un noir brillant savent voir ce que nous ne verrons jamais.

Lorsque j'étais enfant, apercevoir un héron tenait du miracle. Je crois n'en avoir vu qu'un seul, dans un marais. Aujourd'hui, ils sont nombreux dans les prairies et le lit des rivières. Et pourtant c'est toujours pour moi un enchantement que de surprendre l'un d'eux, une patte levée, cherchant dans l'eau basse l'ablette ou le gardon dont il se nourrit. Ils sont devenus de moins en moins farouches. Leur vol, d'une extrême souplesse, est une merveille de grâce et d'équilibre. Le gris de leur plumage ressemble à celui des ciels de neige. Ils étonnent toujours le regard par leur grandeur inhabituelle en des lieux où les oiseaux sont de moindre envergure.

C'est le cas des rapaces que j'aime tout autant, et qui, eux, pour la plupart, ne migrent pas et nichent au plus haut des arbres. Le plus répandu est la buse, qui tourne tout le jour sur les ailes du vent, pour guetter une proie jusqu'au cœur des basses-cours. C'est un très bel oiseau, aux plumes rousses, à l'œil violent, dont le vol lourd est silencieux. Comme celui des milans, qui demeurent des heures suspendus au plus haut du ciel, et dont l'appel bref et rauque trahit une inquiétude pour les oisillons restés au nid. Si vous apercevez un rapace immobile, agitant frénétiquement ses ailes au-dessus d'une proie invisible, c'est un faucon crécerelle. Plus petit que les deux premiers, il ne s'en révèle pas moins redoutable. On dit que ses yeux possèdent des cônes infinitésimaux qui perçoivent la lumière ultraviolette et lui permettent de déceler les traces d'urine laissées par les mulots ou les campagnols dont il se nourrit. Chaque fois que j'en aperçois un, je pense à William Blake qui disait : « Chaque oiseau qui fend l'air est un immense monde de délices fermé à nos cinq sens. »

Ces trois rapaces des causses ressemblent à l'épervier de la Dordogne ou au balbuzard pêcheur, lesquels se nourrissent exclusivement de poisson. Ils plongent sur leur proie comme des balles, remontent en s'ébrouant, des éclairs dans le bec, et reviennent se percher à la cime des peupliers des rives. Depuis quelques années, les cormorans, qui, il y a dix ans, ne peuplaient que les bords de mer, les ont rejoints et leur disputent leur pitance. J'ai horreur de ces grands oiseaux noirs, au cou tordu, qui peuvent rester plusieurs minutes sous l'eau et dévastent les rivières. Pour quelles raisons ont-ils quitté les rivages de la mer pour passer l'hiver sur les rivières de l'intérieur ? Nul ne le sait vraiment. Quelque chose s'est rompu dans l'équilibre de ces espèces. Les migrateurs ne sont plus les mêmes et bon nombre de ceux qui migraient sont devenus sédentaires. Le monde a changé. Les oiseaux aussi. Comme les hommes, ils ont perdu leurs repères.

Pas tous, heureusement : les oies sauvages et les grues cendrées continuent de tracer les mêmes routes, très haut dans le ciel de l'automne, et mon regard les suit longtemps, jusqu'à l'horizon dans lequel elles se fondent. Quand elles ont disparu, je sais qu'elles continuent de vivre quelque part. Comme nos morts, peut-être, partis pour des contrées lointaines au sein desquelles ils nous attendent patiemment. Chaque fois, en les perdant des yeux, je pense avec émotion aux mots magiques de Saint-John Perse : « Doublant plus de caps que n'en lèvent nos songes, ils passent, et nous ne sommes plus les mêmes. »

Les animaux

J'ai chassé jusqu'à l'âge de vingt-cinq ans, puis j'ai arrêté subitement. Un dimanche après-midi d'automne, précisément, sous un pâle soleil qui avait succédé à la pluie fine du matin. J'étais à l'affût à la lisière d'un bois. « Au poste », comme on disait. Immobile depuis une heure, j'entendais tirer à un kilomètre devant moi, et j'attendais, aux aguets, depuis de longues minutes quand je l'ai vu arriver. Un magnifique lièvre roux, blessé, les oreilles couchées sur le dos tant il était épuisé. J'ai levé mon fusil et je suis certain qu'il m'a vu. Et pourtant il n'a pas hésité : il s'est avancé vers moi, s'est blotti à mes pieds, sur mes pieds. J'ai senti sa chaleur à travers mes bottes. Je n'ai pas tiré – je n'ai plus jamais tiré. Car il s'en était remis à moi, cet animal, avec une confiance, un tel abandon, que le lien qu'il a tissé ce jour-là entre les bêtes et moi ne s'est jamais rompu.

Un ou deux ans auparavant, pourtant, j'avais déjà failli abandonner la chasse, un

soir d'automne, en entendant les cris – les
pleurs – d'un lapereau surpris par mon chien
dans une haie, alors qu'il s'était aventuré loin
de son terrier. On aurait dit les pleurs d'un
enfant. Mais la passion de la chasse était alors
si forte en moi que je l'avais oublié.

C'est donc seulement à vingt-cinq ans
– bien tard, et je le regrette – que j'ai ressenti
la fraternité qui nous lie aux animaux, qu'ils
soient sauvages ou de compagnie. Plus qu'une
parenté entre les êtres vivants, une fraternité
pour l'aventure partagée de la vie. Qui oserait
prétendre que la nature de notre vie est différente de la leur ? Comment croire que la
justification, le secret n'en sont pas les
mêmes ? Ils sont vivants, et ils sont sur la terre.
Comme nous. Et pour les mêmes raisons que
nous ; de cela, aujourd'hui, je suis sûr.

Il suffit de croiser le regard d'un chien pour
le comprendre. Ou d'assister à sa joie un peu
folle, quand il nous retrouve. Ou à sa crainte
quand il va mourir, qu'il nous appelle des
yeux à son secours et que nous ne pouvons
rien, sinon prévenir le vétérinaire qui le
piquera. Les yeux des setters sont à cet égard
d'une humilité bouleversante. Et quand ils
posent leur tête sur nos genoux, ils s'en
remettent totalement à nous, dans une confiance qui n'a d'égale que celle de nos
enfants. C'est pourquoi je préfère les chiens

aux chats qui, eux, sont capables de cruauté et dont la vie secrète n'est pas sans mensonge ni dissimulation.

Mon père possédait beaucoup de chiens : des griffons, des épagneuls, des beagles, des cortals, des braques, tous élevés pour la chasse, et près desquels j'ai appris ce qu'était la confiance des bêtes à l'égard des humains. Tommy, le griffon, courait comme un fou dans la cour ; Dolly, la beagle, est morte d'un arrêt du cœur le jour de l'ouverture de la chasse ; Diane, la braque allemande, est morte de vieillesse. Je les ai tous aimés, et cependant, aujourd'hui je n'en ai pas. Parce que je sais qu'ils vivent moins longtemps que nous, et que leur mort peut être aussi douloureuse que celle de nos proches.

Mon père élevait aussi des faisans, des perdreaux, des cailles, des poules, des lapins, dont il m'arrivait de m'occuper, parfois, entrant avec précaution dans les volières, jetant du grain dans la basse-cour. Mais, plus qu'à ces animaux domestiques, j'étais attentif aux animaux sauvages. Et ils étaient nombreux dans la campagne : les écureuils volaient de branche en branche, se cachaient derrière les troncs, dérobaient des noix dans les séchoirs. Au bord des rivières, les loutres, les poules d'eau, les martins-pêcheurs cohabitaient dans l'ombre des frondaisons. Dans les bois surgissaient un renard, un sanglier ou une biche. Ils manifestaient leur présence par un éclair vif qui me bouleversait. Il n'était pas rare de surprendre une fouine, une martre ou une belette à proximité d'un poulailler. De grands lièvres roux détalaient dans les combes du causse, des perdrix aux pattes rouges s'appelaient dans le soir tombant, se regroupant avant la nuit.

J'avais une préférence pour les oiseaux familiers des jardins et des haies : les mésanges à tête noire, les moineaux, les merles, les bergeronnettes, les pinsons, les roitelets, les geais, les fauvettes, les bouvreuils, les rouges-gorges, tous ceux dont je me sentais proche et dont les difficultés à survivre, l'hiver, me serraient le cœur. Sans me l'expliquer, je ressentais cette fraternelle parenté qui me poussait à jeter de la mie de pain ou des graines sous les arbres, guettant celui ou celle qui manifesterait sa confiance et se résoudrait à se rapprocher de moi. Alors j'étais heureux.

Depuis, je veille sur ceux de mon jardin pendant les saisons froides, de plus en plus persuadé de notre parenté, et sans jamais oublier que les hommes qui m'ont le plus appris, au cours de ma vie, sont ceux qui cassent la glace en hiver pour que les oiseaux puissent boire.

Les fruits

J'aime les fruits qui sont, qui étaient, qui demeurent, un don naturel de ce monde généreux qui nous porte. Surtout lorsqu'ils ne sont pas cultivés, qu'ils naissent sur les arbres ou sur les haies. Ainsi les mûres, que j'ai toujours récoltées et que je récolte encore, à l'automne, dans un panier d'osier que je vide par gourmandise à mesure qu'il se remplit. Leurs grains noirâtres, si doux et si sucrés, ne recèlent pas la moindre amertume. Ils poissent la peau d'une pellicule qu'il faut lécher pour la faire disparaître, c'est du moins le seul moyen que je connaisse, et le seul, de surcroît, à me faire redevenir un enfant.

J'ai aussi une vraie passion pour les prunelles bleues que je trouvais sur les haies et ramassais à pleines poignées, malgré leur âpreté qui enflammait ma bouche. Elle demeurait meurtrie, douloureuse pendant de longs jours après ces festins sauvages. Seul le gel attendrissait un peu ces prunelles, mais je n'avais pas la patience de l'attendre. J'en

mange toujours – beaucoup moins, bien sûr –
et chaque fois le goût, la saveur en sont les
mêmes, rien n'a changé, si ce n'est moi.
Chaque année je refais ce pèlerinage des pru-
nelliers afin de vérifier, d'abord s'ils sont
toujours là, ensuite si je suis capable de
manger les baies bleues, malgré les frissons
qu'elles provoquent. Cela a-t-il un sens ? Oui,
je ne le sais que trop. Le grondement des
années qui s'écroulent derrière moi suscite ce
genre de comportement : il s'agit de constater
benoîtement qu'elles n'engloutissent pas tout,
que j'ai pu sauver quelques provisions du
naufrage.

Comme ces cerises sauvages, qui ont du
mal à mûrir, mais dont le rouge pâle a quelque
chose d'émouvant à cause, précisément, de
cet effort vain sans cesse renouvelé. Leurs
arbres sont le plus souvent d'une extrême
maigreur, le tronc aussi bien que les branches.
Et pourtant ils s'obstinent à donner des fruits
– à qui ? pourquoi ? Au passant, pour l'aider,
j'aime à le croire, pour le rouge clair sur le
vert tendre des feuilles, parce que la vie ne
calcule pas.

Sur le causse, les figuiers sauvages sont
nombreux le long des chemins. Au contraire
des cerisiers sauvages, ils mûrissent, et la
chair de leurs fruits, sous une peau épaisse,
est d'un violet rosé parsemé de petites graines

aussi sucrées qu'elle. Elle fond dans la bouche avec un moelleux de soie. Il est vrai que c'est dans leur chair que se révèlent les fruits. Qu'elle soit fondante, âpre, rugueuse, douce, sucrée, elle trahit la nature de l'arbre qui l'a fait naître, son cœur et sa force.

Ainsi, les pêches de vigne, qui se font rares, et dont les arbres, malingres, disent la fragile saveur. Ils poussent non pas dans un verger ou un jardin, mais dans une vigne. Pourquoi ? Probablement parce que le terrain leur convient, plus sûrement parce que leurs fruits désaltèrent très bien et que le travail, sous le soleil, était pénible, asséchant, assoiffant. Les hommes qui ont planté ces arbres n'ont pas choisi ces endroits par hasard. D'ailleurs, tout ce qu'ils faisaient l'était par utilité. La vie était trop dure pour autoriser la fantaisie. Les pêchers sont toujours là, donnent de petits fruits dont la chair blanche, très blanche, fond dans la bouche comme un lait frais, et témoignent d'un temps où les plaisirs, aussi, étaient de faible dimension. Mais comme ils étaient rares, ils paraissaient grands.

Je me souviens des pommes que ma grand-mère appelait « de mille graines », et qui sont en réalité les fruits du grenadier. Ces graines, d'un rouge sang, me paraissaient à la fois acides et sucrées. J'ai dû en manger seulement une ou deux vers l'âge de dix ans, cueillies sans doute par mon grand-père au bord d'un chemin. Une ou deux, et pourtant leur souvenir me hante. Non pas à cause de leur goût, mais parce qu'elles m'avaient été offertes comme un trésor. Quelque chose d'inattendu, de précieux, à savourer sans se presser, graine après graine, pour un plaisir un peu étrange, vaguement coupable. Depuis ce temps, j'en rêve. Je sais que l'on peut en trouver dans les grands magasins, à la bonne saison, mais je n'ai jamais fait la démarche d'en acheter. Sans doute par peur de briser le trésor. Pour ne pas être déçu. C'est de cela qu'on vit. Ou du moins que je vis : de ces dérisoires richesses dont l'unique valeur est l'écho qu'elles éveillent en moi. Un écho qui nous dépasse, ne s'explique pas, sinon par l'ineffable douceur de cet ébranlement.

C'est aussi le cas avec les nèfles que je mangeais presque pourrissantes à l'époque de Noël. A les évoquer, je sens encore leur chair épaisse, parsemée de grains durs, dans ma bouche. Leur goût âpre et suave à la fois me renvoie vers ces hivers où rien n'était mortel : ni les saisons, ni les hommes, ni les femmes. Ni l'enfance, devrais-je ajouter. Car c'est de cela qu'il s'agit : à l'exemple de la madeleine de Proust, le goût aussi bien que les parfums nous transportent dans le temps et nous y laissent incrédules, tremblants, perdus. Aujourd'hui, chaque fois que je mange une nèfle, je me retrouve là-bas, de l'autre côté de ma vie, certain que je ne grandirai jamais.

Les grands causses

Je ne me suis pas contenté d'aimer les causses du Quercy. J'ai voulu en découvrir d'autres, plus vastes, plus arides, plus sauvages : le Larzac, l'Aubrac, et surtout le causse Méjean que je préfère à tous. Je les ai parcourus souvent, seul ou avec un ami, suivant les sentiers à fleur de terre, à fleur de rocher, écoutant les sonnailles des derniers troupeaux, regardant affleurer des îlots de roches au milieu d'une herbe plus grise que verte, sentant peser sur moi le poids du ciel, mieux que n'importe où ailleurs.

Le Larzac au-dessus de Millau est d'une vastitude émouvante. Il serait mon préféré s'il n'était traversé par une route nationale à grande circulation qui l'humanise trop. C'est la route de la mer, des migrations estivales, elle file vers le pas de l'Escalette d'où elle plonge vers les grandes plaines du Sud écrasé de soleil. Pour connaître le Larzac, bien l'apprécier, il faut quitter cette route par la gauche, s'avancer vers son cœur, et se diriger vers la Couvertoirade. Là, bat vraiment le cœur de ce causse, depuis ses landes désolées jusqu'aux vieux murs de cet îlot moyenâgeux où retentit encore le pas des chevaux. Dans mon souvenir, une fois loin de lui, j'ai toujours l'impression – la conviction – d'avoir vu et senti l'un de ces tas de fumier qui, jadis, trahissaient la présence d'une étable à l'entrée d'un hameau. L'aridité, ici, respire jusque dans les pierres d'une sécheresse sans pardon, cernant quelques îlots d'herbe rare, jamais verte, même au printemps. Le combat mené sur ces terres désolées pour empêcher la construction d'une base militaire témoigne sans doute de la conscience confuse d'avoir à préserver l'une des survivances de la vie primitive, dans toute son âpreté, toute sa vérité.

L'immensité troublante du Larzac tient pour beaucoup à ses formes douces : d'amples ondulations qui vibrent dans la lumière du soleil, où le vert s'efface vite sous le gris de la rocaille, jusqu'aux gigantesques failles qui le limitent en plongeant à pic vers les vallées. De loin en loin des troupeaux immobiles paraissent avoir été irrémédiablement statufiés. D'ailleurs, on n'aperçoit jamais de pâtre. Les hommes, ici, cherchent l'ombre des murs et sont économes de leurs gestes. Les bergeries s'abritent sous de petites éminences

qui se distinguent à peine sur la ligne d'horizon. C'est un causse pour la nostalgie. Pour
un temps où les hommes n'avaient pas encore
creusé leur route, où les chemins menaient
encore au ciel.

L'Aubrac ne lui ressemble pas. Je l'aborde
toujours par Espalion et monte doucement
vers les premiers bois de pins, les premières
étendues d'herbe que le printemps habille
d'un beau vert, étonnant sur ce plateau désert.
Ce ne sont pas ici des murs de lauzes qui
délimitent les parcelles, mais des murs
construits avec des rochers de basalte noir.
Ils gardent des vaches à robe claire, et non
pas des moutons. Des ruisseaux vifs scintil-
lent sous le soleil. Ce n'est pas à propre-
ment parler un causse, c'est un haut lieu de
solitude et de silence. Pour en trouver le cœur,
il faut dépasser Saint-Chély-d'Aubrac, le
mont Aubrac (mille quatre cent deux mètres),
monter encore vers Nasbinals, puis prendre
la petite route qui mène au hameau du Rieu-
tord. Là, des maisons aux murs gris, le plus
souvent couvertes de vieilles lauzes, dorment
au milieu des venelles désertes. Des chiens
errants ne lèvent même pas la tête vers
vous. On ne voit personne et pourtant des
bruits ménagers témoignent d'une vie secrète,
tapie, que la pauvreté des lieux ennoblit. Où
sont les habitants ? Que font-ils ? De quoi

vivent-ils, si loin de tout, si étrangement seuls, si démunis ?

Il y a une placette sur la droite, en montant, où murmure une fontaine dont l'eau est d'une étrange fraîcheur. Des pèlerins sur la route de Saint-Jacques la puisent avec des gestes las, puis vont s'écrouler à l'ombre des venelles. Je m'assois sur la margelle de pierre, tout contre la fontaine, et j'attends. Quoi ? Peut-être que surgisse une femme, un enfant, quelqu'un qui me prouve que la vie est encore présente en ces lieux. Nul ne paraît jamais. Un jour, j'ai frappé à une porte. On ne m'a pas ouvert. Les êtres, ici, sont aussi sauvages que les pierres et les chemins. Ceux qui s'entêtent à y vivre ont pourtant, sans doute, de bonnes raisons, mais lesquelles ? J'ai eu l'impression qu'ils cachaient une misère aiguë, comme ces pestiférés relégués jadis dans les coins les plus reculés. Ou peut-être ne disposaient-ils pas d'autre justification que celle d'être nés là, d'y être restés pour veiller sur des décombres indispensables à leur vie. Peut-être aussi les éclats des rayons du soleil dans la fontaine suffisent-ils à leur bonheur. Les hommes ne disent jamais l'essentiel de leur vie : ils le cachent souvent là où personne n'aurait l'idée de le chercher.

Cette impression d'acharnement têtu à vivre – à survivre –, je la retrouve invariablement sur le causse Méjean. Celui que je préfère. C'est un immense univers lunaire parsemé de quelques îlots de sapins. Sa grandeur sombre, où le roc domine l'herbe rase sur des kilomètres, serre le cœur. On a changé de planète. On est sur la Lune. Ou bien sur l'une de ces étoiles mortes dont la lumière a cessé de couler depuis longtemps, mais que les années-lumière n'ont pas encore tarie. Des vautours fauves hantent ses failles profondes, planant interminablement dans un air aux reflets de verre. Des hameaux de quelques feux font le gros dos sous le ciel qui les accable. Le rocher, ici, est roi et il le sait. Nul ne peut se dresser contre lui. D'ailleurs, on ne rencontre jamais personne sur les routes étroites qui se hasardent à travers une aridité violente habitée seulement par le vent.

Il m'arrive de partir à pied sur cette lune morte et de m'asseoir contre le mur d'un rocher pour observer la rencontre du ciel avec cette immensité impitoyable. Sur l'horizon bleu acier, leur choc fait crépiter des étincelles d'or qui s'envolent dans un vent qui ne sait pas reprendre son souffle. Il halète, se débat, s'en va, revient, furieux de ne pouvoir renverser les murs de pierre qui se dérobent sous lui. Le moutonnement infini des dos et des bosses ne laisse pas même apparaître les rares lavognes où se désaltèrent des troupeaux

invisibles, et dont les traces, pourtant, parsè-
ment les chemins. Comme si un lourd rouleau
compresseur avait hersé ces solitudes où la
vie se cache où elle le peut.

Au-dessus de Drigas, je prends le chemin
de terre qui mène vers le site du Fretma. Au
fond de la première combe, surgissent les
ruines d'un hameau qui s'appela la Bégude-
Blanche. Une ancienne ferme oubliée, où
subsistent les vestiges d'une vie désormais
éteinte, et dont les murs tiennent debout par
la force de l'habitude. Des foyers éteints
témoignent du passage de promeneurs ayant
ici trouvé un abri pour la nuit. Des hommes
et des femmes ont vécu ici, se sont aimés,
sont morts, ont laissé s'éteindre une lumière
précieuse. Mais la vie est partout, encore,
entre ces murs épais créés pour durer. Quelque chose veille, dont on sent la poigne
farouche sur le bras. Quelque chose qui vous
retient, comme pour vous signaler la présence
d'une source essentielle, vitale, aujourd'hui
tarie. Qui vous appelle à la compassion pour
toute vie éteinte. Car la vie est sacrée. C'est
la leçon donnée par ces murs qui ne s'écroulent pas, qui ne veulent pas mourir.

Passé la grande combe qui succède à ce
hameau, le sentier des anciens chemineaux
remonte âprement vers la colline d'où part la
sente forestière qui mène au village désert du

Fretma. Mêmes murs, mêmes ruines, dans cet îlot perdu qui gît au milieu des fleurs. La dernière famille est partie après la Seconde Guerre mondiale, chassée par on ne sait quelle défaite face au temps. Et pourtant tout, là-haut, évoque la patience, et la force. Elles n'ont pas suffi. C'est ce à quoi je pense, assis parmi les fleurs qui, elles, sont toujours là, entre des murs toujours debout. C'est ce que, une fois de plus, j'étais venu vérifier : la terre et le ciel ne changent pas, mais les hommes meurent. Je cherche du secours dans la raison, et je me dis que notre conscience est inscrite dans l'univers, puisqu'elle provient d'une évolution naturelle de la vie. Il m'arrive alors de penser que, comme lui, elle nous survivra.

La mer

Quand j'écris « la mer », je veux dire « l'océan ». La Méditerranée, en effet, n'a jamais eu pour moi l'attrait de l'Atlantique découvert à huit ans, sur les plages d'Hossegor ou de Capbreton, où soufflait un vent inconnu, à la fraîcheur de grand large. Je me souviens des cars bringuebalants qui me conduisaient vers les vastes plages à peine aménagées, où j'ai fait connaissance avec la beauté, la violence et la froideur des vagues. Dès que les portes du car s'ouvraient, je courais vers elles et elles me renversaient, me roulaient jusqu'au rivage, où je me redressais, le souffle coupé, ébloui et heureux.

Je n'ai rien oublié de ces rencontres avec un monde sauvage, à l'état brut, de l'eau salée dans ma bouche, dans mes yeux, de cette immensité que l'horizon ne limitait qu'à peine. J'avais dès le premier jour acquis la certitude que ce contact m'était précieux, me révélait un monde différent de celui que je connaissais, mais qui n'en était pas moins indispensable à ma vie.

Ensuite je les ai oubliées, pour celles, plus humaines, de la Méditerranée. Palavas, Carnon, Sète, évoquaient surtout pour moi Camus et Tipasa, la brûlure du soleil, une certaine manière de vivre et d'être au monde. J'ai beaucoup aimé Sète et le mont Saint-Clair, le cimetière marin où la tombe de Valéry côtoie celle de Brassens. Là-haut, sous un ciel si bleu qu'il en paraissait blanc, je me répétais ces vers qui m'ont hanté longtemps : « Ce toit tranquille, où marchent les colombes, entre les pins palpite, entre les tombes. » Les cyprès et les pins murmuraient dans un vent d'une grande douceur, mais en bas, sur les plages, l'air, plus épais, saturé de soleil, s'acharnait sur des milliers de corps allongés sur le sable. La mer ne représentait pas la nature, sauvage et essentielle, que je recherchais, mais la civilisation des loisirs surpeuplés, celles des fausses routes vers le bonheur. Car le vrai bonheur nécessite un minimum de solitude, afin de se trouver soi-même, de rencontrer l'être qui est en nous, celui que rien ni personne n'a modelé – celui qui se souvient d'où il vient et qui il est réellement.

J'ai repris la route des grandes plages, celles de Mimizan, de Capbreton, celles du golfe de Gascogne où les vagues avaient gardé leur force primitive. J'en ai découvert une extraordinaire, entre Arcachon et Biscarrosse, que l'on appelait la plage du Petit-Nice – je me demande bien pourquoi. Avant qu'on l'aménage, on y accédait par un chemin étroit entre des pins magnifiques, qui sentaient bon et se balançaient dans une ombre d'une exquise fraîcheur. Et d'un coup, à la lisière de ces bois, s'ouvrait une immensité rebelle et violente, dont les vagues battaient furieusement la plage à perte de vue. J'aimais m'y rendre le soir, j'y restais jusqu'à la tombée de la nuit. Le ciel et l'océan ne faisaient qu'un, il n'y avait personne à l'horizon du sable, et je sentais que se livrait là un combat à la mesure de l'univers. Des forces brutes s'affrontaient en ces lieux déserts, où les rares hommes retrouvaient leur vraie dimension. La nuit tombait sur les flots en colère qui s'acharnaient en vain sur la terre, à peine retenus par le ciel ensanglanté de ce combat farouche. J'y assistais jusqu'au moment où s'allumaient les premières étoiles, témoins apeurés de cet affrontement titanesque. Je revivais les sensations éprouvées lors d'une traversée, au cours de mon adolescence, vers les Baléares, par force huit, une nuit de tempête, sur un rafiot qui me semblait, chaque fois qu'il s'enfonçait, ne jamais pouvoir remonter. Le bruit du vent, des vagues, du ressac me donnait conscience d'une petitesse qui, curieusement, ne m'angoissait pas : elle me renvoyait à mon exacte dimension, à une vérité oubliée, d'un monde qui pourrait très bien se passer des hommes.

J'y suis revenu plusieurs fois, sur cette plage aujourd'hui transformée et qui a perdu son caractère solitaire et sauvage. Seul y subsiste le parfum des pins qui veillent toujours sur la colline en pente douce. J'en ai découvert d'autres, en Vendée, par exemple, le long de la forêt de la Palmyre, ou, plus haut, vers Saint-Jean-des-Monts, où l'eau demeure glacée même au cœur de l'été, mais jamais je n'ai retrouvé, comme sur cette immense plage-là, l'impression d'un monde « lavé de l'homme », comme aurait dit Julien Gracq, où les éléments conspiraient à ce qui pourrait, peut-être, un jour l'accueillir.

Quelques côtes de Bretagne conservent cette sauvagerie primitive. Non pas celles qui, chaque été, reçoivent les touristes, mais celles, difficilement accessibles, qui s'ouvrent sur des falaises à pic, au bout d'un chemin mal tracé. Alors, en s'approchant, on peut assister au combat entre les flots et les rochers qui résistent depuis très longtemps. On devine dans l'écume bouillonnante quelque chose de cosmique qui a commencé bien avant nous et qui ne s'achèvera peut-être jamais.

Au temps où je pratiquais la planche à voile, à marée basse, j'ai établi un vrai contact avec le monde de la mer. Je traversais jusqu'aux bancs de sable, à un kilomètre des plages surpeuplées, et là, seul au monde, la peau brûlée par le soleil et le sel, je m'allongeais face au ciel. Je voyais voler des oiseaux blancs, je n'entendais plus que le vent, je m'enfonçais dans le sable mouillé et me disais que je resterais là jusqu'à ce que la mer remonte et m'engloutisse. Au loin, les plages couvertes d'hommes, de femmes et d'enfants que je n'entendais plus, me paraissaient inaccessibles, perdues pour moi, à tout jamais.

Mais je ne résistais pas longtemps à l'idée du danger, de la marée qui s'inversait. Je repartais, heureux de cette petite heure passée sur un banc de sable isolé, du soleil plein les yeux, mais surtout comblé d'avoir glissé entre le ciel et l'eau, avec le vent pour seul compagnon.

C'est sur une planche à voile que je me suis senti le plus libre, le plus près de la mer et du ciel, et c'est elle que je regrette le plus aujourd'hui, tandis que le goût du sel dans la bouche, le fer rouge du soleil sur mes épaules, la chanson du vent dans la voile ne hantent plus que mes souvenirs. Là, je le sais, j'étais au plus près de ce monde que j'aime tant pour ce que Camus appelait « la fête des corps ».

Une manière de se sentir vivant, heureux dans les bras du vent, les jambes dans l'eau, des gouttes de lumière au bord des cils. Là, je sentais que la vie, la nôtre comme celle de tous les êtres vivants, était sortie de la mer et qu'elle seule pouvait nous restituer les perceptions lointaines, profondes et oubliées de ce que nous avons connu au commencement des temps.

Les étoiles

C'est vers la mi-août que les étoiles filantes sont les plus nombreuses. Combien de fois en ai-je observé la traîne lumineuse, allongé sur le dos, en compagnie d'un être cher avec qui il était de coutume de faire un vœu ! Touchante conviction d'une dérisoire petitesse qu'il convient de conjurer, ou sentiment inconscient d'appartenir au même univers ? Les deux sans doute, qui se traduisent par cette obligation de faire un vœu, comme si le pouvoir des étoiles qui meurent à des millions d'années-lumière atteignait la terre et ses habitants.

J'ai fait des vœux, dont la plupart se sont réalisés. C'est dire si, aujourd'hui encore, je guette les gerbes de lumière dans le ciel du mois d'août, persuadé que je suis, mais pour d'autres raisons évidemment, que se côtoient en nous l'infiniment grand et l'infiniment petit. Ne serait-ce que dans nos cellules, nos neurones d'une extrême complexité. Qui sait si, en vieillissant, ils ne meurent pas dans notre corps ou dans notre cerveau à la manière des étoiles filantes dans le ciel ?

L'étoile dont j'ai fait d'abord connaissance est Vénus, l'étoile du Berger, qui est la première à s'allumer à la tombée de la nuit et la dernière à s'éteindre le matin. Mon grand-père me l'a montrée un jour où, sortant de sa petite maison, nous rentrions dans la mienne pour prendre notre repas du soir. « Celle qui a guidé les Mages », m'a-t-il dit. Je ne l'ai pas oubliée, pas plus que les constellations de la Grande Ourse et de la Petite Ourse qui ressemblent à des chariots. J'ai longtemps pensé qu'ils servaient au Père Noël à transporter ses jouets depuis le pôle Nord vers la Terre – l'étoile à l'extrémité de la queue de la Petite Ourse étant l'Etoile polaire. Aujourd'hui que le Père Noël s'est éloigné de moi, ces chariots ne me paraissent pas pour autant inutiles. Ils transportent des messages que plus personne ne lit, mais où, pourtant, j'aime à penser qu'y figurent les clefs du grand secret.

Plus tard, j'ai appris à reconnaître les étoiles dans les constellations : Arcturus dans le Bouvier (face au sud en juin), Rigel dans Orion (en bas à droite, face au sud au printemps), Véga dans la constellation de la Lyre (face au nord, en haut à droite, en juin), d'autres encore dont le nom évoque pour moi l'immensité de l'univers : Bételgeuse, Achernar, Aldébaran, Antarès, Sirius que je cherche en me disant que six mille d'entre elles seulement sont visibles à l'œil nu, alors qu'il en existe plus de deux cent milliards.

De même, les constellations : les Gémeaux (avec Castor et Pollux), le Bélier, le Taureau, le Bouvier, le Cheval, que je sais à peu près distinguer dans les hiéroglyphes de la voûte céleste, et qui, chaque fois, m'attirent, m'appellent, comme si là-haut, très loin, se situait ma véritable maison. Il faut bien avouer, cependant, qu'elles ont perdu un peu de leur mystère depuis que l'homme a posé le pied sur la Lune. Je m'en console en me disant que nombreuses sont celles que nous ne verrons jamais depuis la Terre, et encore plus nombreuses, sans doute, celles que nous n'imaginerons jamais. Sauf, peut-être, après notre mort, quand notre esprit voyageant à la vitesse de la lumière s'en ira là où il est attendu, c'est-à-dire à l'endroit d'où il vient.

Les hommes ont besoin de ce genre de consolation. Dérisoires, je le sais, comme leur vie. Mais j'ai la sensation parfois, en juin, en voyageant par le regard, là-haut, dans le ciel, que la vérité est encore plus belle que tout ce que les hommes, depuis le début des temps, ont été capables de concevoir.

La montagne

J'aime la montagne, les sapins, les sentiers dans la rocaille, les neiges éternelles, l'air qu'on y respire, la rudesse de ses gens, la sensation qu'elle procure d'avoir accédé à un autre monde, un univers dominant le monde ordinaire des hommes. Enfant, j'ai d'abord découvert les Pyrénées, dont les massifs, passé Toulouse, se dressaient magnifiquement à l'horizon. J'ai campé sur les pentes du Canigou, dans des bois calcinés, bruns et sombres, près des torrents à l'eau si froide que l'on hésitait à y tremper les mains. Au fur et à mesure que l'on montait, les arbres s'espaçaient, l'herbe se faisait rare, les rochers semblaient grignoter le ciel jusqu'à des sommets arrondis qui paraissaient accessibles mais reculaient sans cesse. Ce n'était pas en hiver mais en automne, il faisait frais mais bon, la neige ne menaçait pas encore.

Il est vrai, à la réflexion, que j'ai rarement fréquenté la montagne pendant l'hiver, au contraire de beaucoup d'entre nous. Pour la même raison que je ne fréquente pas la mer pendant l'été : ni l'une ni l'autre ne se révèlent vraiment en présence des hommes. Elles exigent la solitude pour exprimer leur dimension qui n'est pas humaine, mais liquide ou minérale, et provient de beaucoup plus loin que l'humanité. Leur vérité n'est pas la nôtre. Elle nous permet seulement de nous confronter à plus grand que nous.

Ainsi, les Alpes, que j'ai découvertes beaucoup plus tard, et dont l'immensité me renvoie inexorablement à ma petitesse et m'oppresse. Une année, j'ai loué un appartement au-dessus de Sallanches, et, chaque fois que je levais la tête, j'apercevais le mont Blanc à l'horizon, mais tout proche, me semblait-il, et qui dominait tout, jugeait, écrasait, trop grand, trop blanc, implacable dans son immense beauté. Un été, j'ai passé des vacances à Chamonix, et cette étroite vallée dominée par ce géant sans la moindre miséricorde m'a paru d'une extrême fragilité, sans la moindre force, n'existant que par et pour ce monstre dont l'échelle n'est pas la nôtre.

Alors je suis revenu vers la moyenne montagne, où je respire mieux. En Vercors, par exemple, où les sommets culminent à moins de trois mille mètres, et où il est possible de cohabiter avec ce monde minéral sans se sentir écrasé. Corrençon, Lans, Villard-de-

Lans vivent paisiblement dans leur vallée aux dimensions plus humaines. Les forêts sont magnifiques, les pentes moins ardues, rien ne fige l'horizon, et les habitants ne vivent pas en permanence la tête levée vers la montagne. Ici, on cohabite facilement avec elle : des petits cols font communiquer aisément deux vallées, ne s'élevant guère plus qu'à mille mètres. Ainsi le col de la Croix-Perrin qui donne accès à la vallée d'Autrans où la vie a gardé des odeurs et des pratiques du début du siècle dernier, les maisons et les granges leur identité. Le Vercors est un pays vrai, encore protégé, qui vit à la vitesse d'avant, et qui n'est accessible que difficilement, à partir de Grenoble ou, de l'autre côté, par Die et la Drôme. Une île dans le ciel, une île verte, d'où on ne s'échappe pas facilement, sauvage et accueillante à la fois, où il est possible de faire halte, de se retrouver.

Je l'identifie à la montagne mythique qu'est pour moi le Montana. Sommets pas trop élevés, rivières et forêts, la vie sauvage, les grands espaces, le lien renoué avec le monde. Je l'ai découvert avec les grands écrivains américains : Jim Harrison en particulier, mais aussi avec les films de Redford, dont le magnifique *Et au milieu coule une rivière*. J'en rêve mais je sais que je n'irai pas. J'ai en France accès à une belle rivière et à des

forêts authentiques. Il me manque simplement la montagne, le contact avec la force
minérale qui régénère et nous fait prendre
l'idée exacte de notre mesure.

Ainsi, moins loin que le Vercors, plus
proche de moi, le Massif central : cette vieille
montagne, paisible et sans le moindre piège,
demeure très humaine. Peut-être un peu trop.
Dans son approche se trouve, en haute Corrèze, le plateau de Millevaches. Un univers
usé jusqu'à l'os, où ne subsistent que des
langues de forêts, peuplé de sources innombrables, de fermes noires qui semblent se
recroqueviller, qui avouent combien ici la vie
est dure et en même temps combien les
hommes l'aiment. Ils se sont accrochés en ces
lieux hostiles avec une force, un courage dont
on ne discerne pas vraiment les raisons. C'est
le vieux monde, avec ses peurs, sa vie cachée,
ses âpres vérités, celui de la cohabitation
primitive entre des hommes et un milieu
inhospitalier, celui de la mémoire et du courage. On sait, ici, comment tout a commencé,
et pourquoi. On ne le dit pas. On se coltine
avec les saisons qui ne font pas le moindre
cadeau. On a courbé le dos, mais c'est pour
mieux résister, se prouver que la vie vaut
d'être vécue, quel que soit le prix à payer.

Les îles

Je ne veux pas parler des îles lointaines, mais de celles, plus proches, plus familières, que je connais le mieux. Je les ai découvertes au temps de mon adolescence et, dès que j'y ai posé le pied, je me suis trouvé bien : en un lieu inaccessible sans bateau, où la solitude était possible, où la vie close, protégée, favorisait cette idée de refuge qui m'a toujours rendu heureux.

L'île de Ré, d'abord, au bout d'une traversée du bateau pris à La Rochelle, des maisons basses aux volets bleus, des routes blanches, des plages immenses, quasi désertes alors, car l'île, dans les années soixante, n'était pas encore devenue la retraite à touristes qu'elle est aujourd'hui. Je me souviens du vent sur ses plages, de l'odeur du sel, d'une grande douceur sous un ciel d'un bleu laiteux, d'une eau de mer plus grise que verte, des oiseaux innombrables, des petits ports d'où partaient des bateaux fragiles et, surtout, de la sensation de m'être coupé du monde des vivants ordi-

naires, d'avoir trouvé la terre originelle, celle
où le progrès n'avait pas encore posé sa patte
froide. Ce devait être en 1962. Imaginez cette
île à cette époque ! A l'instar des campagnes
françaises, elle vivait sur les traditions et les
pratiques qui avaient été celles de tout le
monde rural, mais en ces lieux, la vie était plus
lente, plus dépouillée, car il fallait attendre le
bateau pour le superflu et même, parfois, le
nécessaire. C'est ce que j'aime, dans les îles :
elles ont gardé un mode de vie plus rudimentaire que les continents. Elles demeurent plus
près du monde sensible, du ciel, et de l'eau,
puisqu'elles en sont cernées, et, en quelque
sorte, prisonnières. Quelque chose d'essentiel
a, ici, survécu : un lien primitif avec le monde,
un contact jamais vraiment dénoué, la certitude qu'une autre vie est possible, au plus près
d'une vérité oubliée.

Quelques années plus tard, après un long
voyage en train, j'ai embarqué à Barcelone
pour les îles Baléares. Je me souviens de
Barcelone, des quais à l'odeur puissante de
goudron et de mazout, de la chaleur étouf-
fante, d'une immensité de ruelles aux couleurs bigarrées, d'une vie brûlante, couleur de
terre rouge, des quais immenses d'où partaient des bateaux qui semblaient à peine
capables de tenir la mer.

Nous sommes partis de nuit, par force huit,

sur un rafiot qui n'avait rien du paquebot qu'il prétendait être. L'ombre, devant, semblait devoir nous engloutir mais, au matin, le ciel était bleu et la mer redevenue calme. Les dix heures de traversée m'avaient paru durer six jours, mais Palma de Majorque, en m'accueillant, crépitait de verdure et de lumière. Il y avait des palmiers, un grand boulevard, des terrasses, des fleurs partout, des hommes et des femmes à la peau cuivrée, des maisons aux volets verts et rouges, des mulets qui faisaient tourner des norias pour hisser l'eau à la surface : j'avais abordé à un autre monde, loin des repères de la civilisation traditionnelle, où les gens vivaient petitement, près de la terre.

Qu'on me comprenne bien : je crois au progrès, à l'aisance qu'il apporte – pas pour tous, malheureusement –, mais je ne crois pas à sa quincaillerie, aux besoins créés alors qu'ils n'en sont pas, celui du superflu qui se superpose au nécessaire, celui des fausses valeurs, du clinquant, des artifices. Il y a longtemps, hélas, que ce ne sont plus les idées, ou la morale, qui gouvernent le monde, mais les lois économiques dont le profit est le moteur essentiel. Et il me semble que les îles sont les endroits de la terre où les hommes résistent le mieux aux fausses nécessités.

A Majorque je me croyais au bout du

monde, alors que je sais aujourd'hui que le monde est tellement plus vaste que je n'en ferai jamais le tour. Je n'étais pas resté à Palma, mais j'étais remonté vers la baie d'Alcudia, à Puerto de Alcudia, exactement, un village peuplé de pêcheurs, d'ânes et de mulets. De là, j'étais allé jusqu'à Valdemossa, où George Sand avait aimé Chopin, au sommet d'un coteau en terrasses d'un vert sombre, épais, comme je n'en ai vu nulle part ailleurs. D'en haut, on apercevait la mer blanche et bleue, le vert des arbres et le rose des jasmins, et j'avais l'impression qu'une maison basse et chaulée, tout en haut d'une colline, dans une île lointaine, était le seul endroit où il était possible de vivre face à soi-même.

Plus tard, quand j'ai appris que Jacques Brel, se sachant malade, avait choisi de se retirer aux Marquises, il m'a semblé comprendre pourquoi. Car il est vrai que les îles sont propices à l'isolement et à la solitude et que dans la solitude, comme le disait Giono, on ne rencontre que soi-même. C'est l'affrontement suprême : se mesurer avec soi, s'accepter ou se perdre. De ce combat-là on ne sort pas intact, mais si on y survit, c'est pour toujours. Et il n'y a que les îles qui permettent de le livrer, des îles qu'on trouve aussi bien, d'ailleurs, dans le bleu du ciel que dans les forêts.

Je garde dans les yeux, de Puerto de Alcudia, l'immense éclat d'un soleil auquel il était impossible de se soustraire, l'attente de la nuit qui apportait enfin un peu d'ombre et de fraîcheur, la nonchalance des petits ânes qui portaient au marché des paniers de pastèques dont le parfum croupissait sur place, une lenteur des gens et des choses qui me laissait le temps de peser chacun de mes pas, chacune de mes pensées.

J'ai vu d'autres îles, plus grandes, plus lointaines, mais aucune ne m'a apporté davantage que les deux premières, pourtant beaucoup plus accessibles. Car ce qui compte, c'est le bateau, la mer à traverser, même si cette traversée ne dure pas plus d'une heure. Or l'avion a succédé au bateau et les îles, même lointaines, ne sont plus tout à fait des îles. Aujourd'hui que je puis voyager, je ne voyage guère, car j'ai compris, comme l'écrivait Chateaubriand, que « l'homme n'a pas besoin de voyager, qui porte en lui l'immensité ». C'est une pensée – une conviction – qui m'est chère. Je crois que le monde est en nous, qu'il ne vaut que par l'idée que l'on s'en fait, par l'écho qu'il éveille dans notre cœur, dans notre tête encombrée de nécessités dérisoires.

Mes îles, désormais, sont petites et proches de moi. Il suffit que je monte dans ma barque pour y aborder. Ce sont plutôt des îlots, sur la merveilleuse Dordogne, où l'ombre est douce sous les aulnes, les galets chauds, le sable rare mais d'une étrange douceur. Je rêve d'y construire des cabanes de bois et de fougères, comme les pêcheurs professionnels ou les chasseurs de gibiers d'eau. Mais moi, je ne tirerai pas sur les oiseaux. Je me contenterai de me réfugier dans l'abri des grands arbres, de pêcher sur ses rives dormantes, d'y retrouver la vie primitive sous les arbres, le ciel et l'eau.

Je porte en moi l'image d'une île mythique sur cette magnifique rivière : j'en ai fait un livre que j'ai appelé *La Grande Île*. Elle figure pour moi le monde protégé, celui de la douceur de vivre, c'est-à-dire de l'enfance. C'est une île perdue, qui a disparu. Comme a disparu mon enfance, qui s'est ouverte sur un autre monde, un autre bonheur, où rien, malgré ce bonheur nouveau, n'aura plus jamais le charme magique des premières fois.

Les rivières

Je devrais plutôt écrire « ma rivière », celle que j'ai baptisée la rivière Espérance, et qui s'appelle tout simplement la Dordogne, sur laquelle je passe beaucoup de mon temps : sur ma barque de pêche, sur ses berges plantées de saules et de frênes immenses, dans ses îles où l'ombre est douce comme nulle part dans le monde.

Elle m'a hanté dès l'enfance, pendant l'été, quand les enfants des villages alentour pédalaient vers elle pour s'y baigner. Moi, je n'en avais pas le droit : mes parents la jugeaient dangereuse et m'interdisaient d'y aller. C'est sans doute à partir de cette interdiction que s'est levé en moi ce rêve : atteindre un jour ses rives, me baigner dans ses eaux, connaître son cœur.

A dix-huit ans, lorsque j'ai pu m'en approcher, elle était encore plus belle que je ne l'avais imaginé : des rives en pentes douces, des îles à l'ombre bleue, des eaux caressantes, des langueurs et des caprices, des oiseaux, des poissons, des aubes lumineuses et des soirs d'une extrême beauté.

Pour écrire *La Rivière Espérance*, je l'ai fréquentée chaque jour, pendant des années. C'était bien celle que j'avais pressentie : la rivière du premier jour du monde, sauvage et claire, accueillante et rebelle, magnifique et coléreuse, où les rares langues de sable étaient chaudes comme des pains sortis du four. Je ne l'ai plus quittée. Je pêche sur ses eaux magiques parfois jusqu'à la nuit, dans les îles roses des soirs. Alors elle s'endort doucement, cesse de chuchoter, se fond dans l'ombre avec des grâces de chatte assez fuyante pour garder son mystère.

Pourquoi l'ai-je baptisée Espérance ? Parce que les hommes ont toujours souhaité vivre près d'elle, espéré sa présence, persuadés qu'elle ne les trahirait pas, qu'elle ne les décevrait pas, qu'elle était vivante, comme eux, plus qu'eux, peut-être, et qu'elle saurait les rendre heureux. Car j'ai compris très tôt qu'une rivière est un être vivant, qu'elle a un corps, une âme, un territoire, une famille, des rires, des colères, des souvenirs, une histoire, et surtout, comme nous, les hommes : une enfance, une jeunesse, une maturité, une vieillesse et une mort.

Dès que j'ai plongé dans ses eaux, j'ai senti battre son cœur dans les grands fonds, comme

l'Antonio de Giono dans *Le Chant du monde*.
C'est là, en effet, que bat le cœur des rivières,
dans une eau glauque, épaisse, vigoureuse, et
qui vibre, palpite comme un muscle. Du cœur
au corps il n'y a qu'un pas, ou plutôt une
brasse coulée. J'ai découvert ses jambes souples, ses cheveux d'algues douces, ses yeux
verts et ses bras de velours. Et puis j'ai
émergé dans le soleil, sous un ciel qui coulait
sur moi en vagues bleues, avec le souvenir
d'une peau, la sensation d'une caresse, et tout
de suite je l'ai aimée avec passion.

Pour la connaître, l'apprivoiser, je suis
remonté à sa source, car on veut tout savoir
de ceux que l'on aime. Au sommet d'une très
vieille montagne, je l'ai vue émerger du
ventre de la terre, se faufiler entre les gen-
tianes et les campanules, cascader en riant
comme une enfant dans les torrents glacés.
J'ai tenté de protéger sa jeunesse dans les
gorges rocheuses qui la déchirent et la font
souffrir. Là résident les blessures de toute
rivière, qu'il faut panser amoureusement,
patiemment, pour les rendre plus fortes, les
préparer aux plaines, au monde des adultes.

J'ai appris qu'elle devait son nom à une
divinité fluviale des Celtes, qu'elle avait véhi-
culé les idées chrétiennes, puis celles de la
Réforme, enfin celles de la République, au fil
de son eau limpide, dans le silence et la

lumière. J'ai appris bien d'autres choses encore et j'ai commencé à savoir qui elle était vraiment. C'est alors que j'ai deviné son âme, qui est la somme de celles des hommes qu'elle a portés depuis la préhistoire ; les bateliers qui descendaient le bois en Borde-lais, les pêcheurs, les passeurs, les bracon-niers, les haleurs, les aubergistes, les mate-lots, les poètes, les artistes qui ont sculpté cette âme romane au fronton des églises et des châteaux.

J'ai minutieusement exploré son territoire : ses gorges, ses méandres, ses falaises, ses malpas, ses rapides, ses calmes, ses hauts-fonds, ses forêts, ses vignobles, ses rivages de sable ou de galets. J'ai dormi sur ses berges pour l'écouter dormir, la nuit, l'en-tendre soupirer et rêver près de moi. J'ai respiré ce qu'elle respire pour mieux la comprendre : la mousse, l'herbe, les fougères, le calcaire, le granit, les champs, la vase et la marée.

J'ai voyagé sur son eau vagabonde et visité les villages qu'elle effleure d'une caresse, j'ai pris soin de m'arrêter pour parler aux hommes qui vivent près d'elle et j'ai fait connaissance avec ses enfants : les ruisseaux affluents qu'elle accueille, qu'elle protège et qu'elle aime comme une mère trop pressée. Ainsi, je suis entré dans sa famille, et j'ai

partagé avec elle ses moments de bonheur, de
fêtes dans les ports. C'est là qu'elle est la plus
heureuse, qu'elle célèbre ses amis, et parle et
rit au monde. J'ai partagé aussi ses chagrins
d'hivers pluvieux, ses colères superbes, ses
crues couleur de terre et ses folles tempêtes.
J'ai aimé ses caprices, ses besoins de solitude,
ses tristesses et ses rires sonores dans les étés
de feu.

Plus loin – plus tard – enfin, je me suis
réjoui de la voir devenir reine et puissante,
dans le vert des grandes plaines où elle
paresse, plus belle qu'elle ne l'a jamais été.
Et puis j'ai souffert de la voir s'assagir,
décliner, fatiguée d'avoir trop couru, d'avoir
trop aimé, d'avoir trop vécu. Elle s'est mise
à flâner, à s'attarder le long des bancs de
sable, à profiter du temps comme si elle avait
compris qu'il lui en restait peu. J'ai accepté,
comme elle, sa vieillesse paisible et je l'ai
accompagnée jusqu'au bout du chemin – ce
chemin qui chemine, disait d'elle Montaigne.
Puis je l'ai vue mourir du haut d'un promon-
toire et s'endormir enfin dans les bras de la
mer.

Aujourd'hui, chaque fois que je relis ces
vers de Rimbaud : « Ah ! Que ma quille
éclate et que j'aille à la mer ! », je pense à
elle. Quoi d'étonnant ? Ne sommes-nous pas
semblables ? Nous le savons, nous, les

hommes, que nous ressemblons aux rivières, car ni elles ni nous ne pouvons retourner en arrière et remonter le temps : c'est le même flux qui coule en nous depuis les origines et nous entraîne inexorablement vers le même océan.

Les instants

C'est long, une vie, et le temps pèse sur elle, chaque jour, jusqu'au dernier. Parfois, cependant, des instants bénis nous arrachent à lui : ce sont des instants de grâce, de bonheur ineffable. Ils sont trop rares, et, le plus souvent, nous ne nous y arrêtons pas suffisamment. Pourtant, chaque fois que j'en ai vécu, ce que j'ai aperçu par la porte battante, trop vite refermée, m'a consolé de devoir mourir un jour. Les miroitements entr'aperçus provenaient d'un lieu connu depuis toujours, me suggéraient quelque chose d'essentiel, une sorte de secret oublié.

Une fois, en hiver, au coucher du soleil, il faisait très beau et très froid. Je roulais vers la ville au milieu des chênes ocre rose, dans leur lumière mêlée à celle du soleil. J'ai eu la sensation d'avoir pénétré un monde dans lequel ma voiture n'avançait plus, et que cette lumière était celle d'une maison chaude, précieuse entre toutes – ma vraie demeure. Quelques secondes suspendues, très brèves, très fugaces, mais assez fortes pour me donner la sensation, à leur évanouissement, d'un regret mortel. J'étais passé de l'autre côté du miroir, en une contrée d'où quelque chose (quelqu'un ?) m'avait fait signe.

Ces manifestations de ce qui est peut-être notre vraie nature découlent souvent de l'espace, c'est-à-dire d'une rencontre avec un lieu défini du monde naturel. Elles surgissent à un moment où on ne les attend pas, lors des jours de gel ou de neige, ou d'autres, moins insolites, plus ordinaires, mais toujours au contact d'un lieu, à l'occasion d'une découverte.

Ainsi, ce matin de juillet, au bord de la rivière, dans le brouillard qui se levait : les rayons obliques du soleil venaient frapper l'eau qui fumait, le long de l'île où un héron, une patte en l'air, s'interrogeait. Moi aussi je m'interrogeais. Qu'y avait-il là d'extraordinaire ? J'avais souvent assisté à des levers de soleil à l'aube, sur la rivière. Mais ce matin-là, la lumière était meilleure et sollicitait une mémoire plus ancienne que ma conscience. Les trembles ne bougeaient pas, l'eau s'était tue dans un silence qui traduisait des retrouvailles heureuses avec un versant oublié, un socle inaltérable.

Ainsi, également, un soir d'été, sous la treille, au bord de l'à-pic, sur le causse qui m'est si cher. Je regardais tomber la nuit sur la vallée dont les lumières s'allumaient une à une, dans un silence que rien ne troublait, pas même l'aboiement d'un chien ou l'appel d'un milan endormi sur les ailes du vent. Une telle paix s'étendait sur le monde que je me sentais apaisé et comblé, certain que rien, jamais, ne me délivrerait mieux de la douleur de vivre que ce soir qui tombait, cette douceur de l'air, ce sommeil qui engourdissait la vallée, où les clochers des villages disparaissaient dans l'ombre, tandis que, derrière moi, le causse respirait doucement, au même rythme, comme si toutes les vies venaient de se confondre en une seule.

Ainsi, une nuit d'août, sur un chemin éclairé par la lune, tout s'est arrêté : les étoiles se sont figées, les feuilles des arbres se sont tues, je ne savais plus où j'étais, qui j'étais et pourquoi je me trouvais là, sinon pour regarder vers un seuil dont la lumière ne m'était pas inconnue. La nuit était épaisse comme le velours des fenêtres de ma chambre d'enfant. Je ne savais plus si j'étais jeune ou vieux, j'avais l'impression de marcher dans ma vie. Je me suis arrêté, parvenu que j'étais aux limites de notre monde, plus heureux qu'angoissé, mais aveuglé dès que j'ai levé les yeux vers la voûte du ciel.

Il y a eu d'autres instants comme ceux-là, aussi rares que précieux : un après-midi de septembre, au tournant d'une route qui s'ouvrait sur une haie de peupliers d'Italie, au fond d'un vallon perdu. Un jour de mai, où, descendant du Méjean, j'aperçus tout en bas un lac de fleurs qui ondulait sous le vent. Il y a eu ces rencontres, au cours de mes voyages, avec des lieux où je n'avais jamais mis les pieds, et qui, cependant, m'ont paru connus depuis toujours. Et aussi des éclats de lumière à travers les branches, des silences dans les arbres agités par le vent, des cloches entendues dans le soir tombant, qui réveillèrent des Angelus séculaires et pourtant familiers. Il y a eu des nuages aux volutes blanches qui exprimaient une vérité évidente mais informulable, des tapis de feuilles qui formaient sur un chemin des figures oubliées, des flaques d'eau gelées, énigmatiques, au milieu des herbes saisies par le gel, des odeurs puissantes de fruits, des prés carrelés de haies vives, un pont sur une rivière, rien ou pas grand-chose, mais ces images, ces instants m'ont fait franchir le porche de l'éternité.

Alors une sorte de souvenir de là-bas m'a projeté dans le plus grand bonheur du monde, celui qui échappe à toutes les vaines richesses du réel, et qui, une fois enfui, je le sais aujourd'hui, ne m'est plus accessible que par l'écriture. D'où ce livre, cette quête d'une prodigieuse contrée, là où les orchestres se sont tus, mais où une musique, pourtant, continue de jouer, derrière la vitre du temps qui, parfois, mystérieusement, délicieusement se brise.

Table

LES MENTHES SAUVAGES (Prix Eugène-Le-Roy), 1985.

LES CHEMINS D'ÉTOILES, 1987.

LES AMANDIERS FLEURISSAIENT ROUGE, 1988.

LA RIVIÈRE ESPÉRANCE :
  1. La Rivière Espérance (Prix La Vie-Terre de France), 1990.
  2. Le Royaume du fleuve (Prix littéraire du Rotary International), 1991.
  3. L'Âme de la vallée, 1993.

L'ENFANT DES TERRES BLONDES, 1994.

Aux Éditions Seghers

ANTONIN, PAYSAN DU CAUSSE, 1986.

MARIE DES BREBIS, 1986.

ADELINE EN PÉRIGORD, 1992.

Albums

LE LOT QUE J'AIME, Éditions des Trois Épis, Brive, 1994.

DORDOGNE, VOIR COULER ENSEMBLE ET LES EAUX ET LES JOURS, Éditions Robert Laffont, 1995.

Composition réalisée par IGS-CP

Achevé d'imprimer en mars 2007 en France sur Presse Offset par

C P I
Brodard & Taupin

La Flèche (Sarthe).
N° d'imprimeur : 40967 – N° d'éditeur : 87284
Dépôt légal 1re publication : mars 2007
Édition 02 – mars 2007
LIBRAIRIE GÉNÉRALE FRANÇAISE – 31, rue de Fleurus – 75278 Paris cedex 06.